DÄMMERUNG

JAMES SALTER
DÄMMERUNG

UND ANDERE
ERZÄHLUNGEN

Deutsch von Beatrice Howeg

BERLIN VERLAG

Die Originalausgabe erschien 1988 unter dem Titel
Dusk
bei North Point Press, San Francisco
© 1976 James Salter
Für die deutsche Ausgabe
© 1999 Berlin Verlag, Berlin
Alle Rechte vorbehalten
Umschlaggestaltung:
Nina Rothfos und Patrick Gabler, Hamburg
Gesetzt aus der Goudy
Druck & Bindung:
GGP, Pößneck
Printed in Germany 1999
ISBN 3-8270-0097-1

Gedruckt auf chlor- und säurefreiem Papier

1   2   3   4   5   02   01   00   99

INHALT

AM STRANDE VON TANGER

Barcelona im Morgengrauen. Die Hotels sind dunkel. Alle großen Alleen weisen aufs Meer.

Die Stadt ist leer. Nico schläft. Sie ist gefesselt von verdrehten Laken, ihrem langen Haar, einem nackten Arm, der unter ihrem Kissen liegt und über die Bettkante hängt.

In einem Käfig, der sich unter einem Tuch aus indigoschwarzer Seide abzeichnet, schläft ihr Vogel, Kalil. Der Käfig befindet sich in einem offenen, ausgefegten Kamin. Daneben stehen Blumen und eine Schale mit Obst. Kalil schläft, sein Kopf unter der Weichheit eines Flügels.

Malcolm schläft. Seine stahlgerahmte Brille, die er nicht braucht – die Gläser sind ungeschliffen – liegt geöffnet auf dem Tisch. Er schläft auf dem Rücken, seine Nase zieht durch die Traumwelt wie ein Kiel. Diese Nase, die Nase seiner Mutter oder zumindest eine Kopie der Nase seiner Mutter, ist wie ein theatralisches Requisit, eine merkwürdige Verzierung, die ihm ins Gesicht geklebt wurde. Sie ist das erste, was einem an ihm auffällt. Das erste, was man an ihm mag. Die Nase ist in gewissem Sinne ein Zeichen von Lebenslust. Es ist eine große Nase, die man nicht verstecken kann. Außerdem hat er schlechte Zähne.

An den Spitzen der vier steinernen Türme, die Gaudí unvollendet ließ, werden durch das Licht langsam goldene Inschriften sichtbar, zu blaß, um sie entziffern zu können. Es scheint keine Sonne. Es herrscht nur weiße Stille. Sonntagmorgen, der frühe Morgen Spaniens. Dunst bedeckt die Hügel um die Stadt. Die Geschäfte sind geschlossen.

Nico ist nach ihrem Bad auf die Terrasse hinausgetreten.

Das Handtuch ist um sie geschlungen, Wasser glänzt noch auf ihrer Haut.

»Es ist bewölkt«, sagt sie. »Kein guter Tag, um ans Meer zu fahren.«

Malcolm sieht auf.

»Es kann sich noch aufklären«, sagt er.

Es ist Morgen. Villa-Lobos spielt auf dem Plattenspieler. Der Käfig steht auf einem Hocker in der Balkontür. Malcolm liegt in einem Liegestuhl und ißt eine Orange. Er ist verliebt in die Stadt. Er fühlt sich mit ihr tief verbunden, zum einen durch eine Geschichte von Paul Morand, und dann wegen einer Begebenheit, die sich vor Jahren in Barcelona zutrug: eines Abends bei Einbruch der Dunkelheit wurde Antonio Gaudi, der mysteriöse, zerbrechliche, sogar heiligenähnliche große Architekt dieser Stadt, auf seinem Weg zur Kirche von einer Straßenbahn angefahren. Er war sehr alt, mit weißem Bart, weißem Haar, er trug die einfachste Kleidung. Niemand erkannte ihn. Er lag auf der Straße, und nicht einmal ein Taxi war da, um ihn ins Krankenhaus zu fahren. Schließlich wurde er ins Armenspital gebracht. Er starb an dem Tag, als Malcolm geboren wurde.

Die Wohnung liegt an der Avenida General Mitre, und ihr Schneider, wie Nico ihn nennt, wohnt nahe der Kathedrale von Gaudi am anderen Ende der Stadt. In einem Arbeiterviertel, schwacher Abfallgeruch hängt in der Luft. Der Platz ist von Mauern umgeben. In das Trottoir sind vierblättrige Kleeblätter gestanzt. Hoch oben, über allem schwebend, die Türme der Kathedrale. *Sanctus, sanctus*, rufen sie. Sie sind hohl. Die Kathedrale ist nie fertiggestellt worden, ihre Türen führen in beiden Richtungen ins Freie. Malcolm ist an vielen der ruhigen Abende Barcelonas um dieses leere Bauwerk herumgegangen. Er hat mehr oder minder wertlose Peseta-

9

scheine in den Schlitz mit der Aufschrift: SPENDEN FÜR DIE
FORTSETZUNG DER ARBEITEN gesteckt. Es scheint, als
fielen sie auf der anderen Seite einfach auf den Boden, oder
als würden sie – er hört genauer hin – von einem Priester mit
Brille in eine Holzkiste geschlossen.

Malcolm glaubt an Malraux und Max Weber: in der Kunst
liegt die wahre Geschichte der Nationen. In seinen eigenen
Charakterzügen gibt es Hinweise auf einen nicht abge-
schlossenen Prozeß. Es geht darum, den Menschen zu einem
wahren Instrument zu machen. Er bereitet sich auf die An-
kunft jenes großen Künstlers vor, der er eines Tages sein
wird, wie er hofft, ein Künstler im wahren, modernen Sinne, das heißt ohne Werk, aber überzeugt vom eigenen Genie. Ein Künstler, der sich von den Anforderungen des
Handwerks befreit hat, ein Künstler der Konzepte, des
Großmutes, sein Werk ist die Erschaffung der eigenen Legende. Solange er auch nur einen einzigen Bewunderer hat,
kann er an die Würde dieses Konzeptes glauben.

Er fühlt sich glücklich hier. Er mag die breiten baumkühlen
Alleen, die Restaurants, die langen Abende. Er ist tief versunken im Strom eines langsamen Lebens zu zweit.

Nico tritt in einem strohfarbenen Pullover auf die Terrasse.
»Hättest du gern einen Kaffee?« sagt sie. »Soll ich dir unten
einen holen?«

Er überlegt einen Moment.

»Ja«, sagt er.

»Wie willst du ihn?«

»*Solo*«, sagt er.

»Schwarz.«

Sie tut das gerne. Das Haus hat einen kleinen Aufzug, der
langsam heraufkommt. Als er oben ist, steigt sie ein und
schließt sorgfältig die Tür hinter sich. Dann fährt sie genau-

so langsam hinunter, Etage um Etage, als wären es Jahrzehnte. Sie denkt an Malcolm. Sie denkt an ihren Vater und seine zweite Frau. Sie ist wahrscheinlich intelligenter als Malcolm, beschließt sie. Sie hat mit Sicherheit einen stärkeren Willen. Er hingegen sieht auf eigenwillige Art besser aus. Sie hat einen breiten, ausdruckslosen Mund. Malcolm ist großzügig. Sie weiß, daß sie ein wenig spröde ist. Sie kommt am zweiten Stockwerk vorbei. Sie betrachtet sich im Spiegel. Natürlich entdeckt man diese Dinge nicht sofort. Es ist wie in einem Theaterstück, sie entfalten sich langsam, Szene um Szene verändert sich die Wirklichkeit der anderen Person. Aber reine Intelligenz ist sowieso nicht so wichtig. Sie ist etwas Abstraktes. Sie schließt dieses grausame, intuitive Wissen, wie man das neue Leben – ein Leben, das ihr Vater niemals verstehen würde – leben sollte, nicht ein. Malcolm hat es.

Um zehn Uhr dreißig klingelt das Telefon. Sie nimmt den Hörer ab und spricht auf deutsch, sie liegt auf dem Sofa. Als sie auflegt, ruft Malcolm ihr zu: »Wer war das?«

»Hast du Lust, an den Strand zu fahren?«

»Ja.«

»Inge kommt in ungefähr einer Stunde vorbei«, sagt Nico. Er hat von ihr gehört und ist neugierig. Zudem besitzt sie ein Auto. Der Morgen verändert sich langsam, ganz nach seinen Wünschen. Auf der Allee unten hört man den ersten Verkehr. Die Sonne bricht für einen Moment hervor, verschwindet, bricht wieder hervor. Weit fort, fern seinen Gedanken, bewegen sich die vier Turmspitzen zwischen Schatten und Herrlichkeit. Wenn die Sonne darauf scheint, werden weit oben die Buchstaben sichtbar: *Hosanna*.

Gegen Mittag erscheint Inge, mit lächelndem Gesicht. Sie trägt einen camelfarbenen Rock und eine Bluse, die oberen

Knöpfe sind offen. Sie hat für den Rock, der sehr kurz ist, eine etwas zu kräftige Figur. Nico stellt sie einander vor.

»Warum hast du gestern abend nicht angerufen?« fragt Inge.

»Wir wollten, aber dann ist es so spät geworden. Wir haben erst um elf gegessen«, erklärt Nico. »Ich war sicher, du seist ausgegangen.«

Nein. Sie hat zu Hause die ganze Nacht darauf gewartet, daß ihr Freund anruft, sagt Inge. Sie fächert sich mit einer Ansichtskarte von Madrid Luft zu. Nico ist ins Schlafzimmer gegangen.

»Das sind alles Schweine«, sagt Inge. Sie spricht lauter, damit Nico sie hört. »Er sollte um acht Uhr anrufen. Um zehn hat er sich gemeldet. Er hat keine Zeit zu reden. Er ruft gleich noch mal an. Na ja, er hat sich nicht mehr gemeldet. Schließlich bin ich eingeschlafen.«

Nico zieht sich einen hellgrauen, schmal plissierten Faltenrock und einen zitronengelben Pullover an. Sie betrachtet sich von hinten im Spiegel. Ihre Arme sind bloß. Inge spricht zu ihr aus dem zur Straße gelegenen Zimmer.

»Sie haben keine Manieren, das ist das Problem. Sie haben keine Ahnung. Sie gehen in den Polo-Club, das ist das einzige, was sie können.«

Sie wendet sich an Malcolm.

»Wenn man mit jemanden ins Bett geht, kann man sich doch hinterher zumindest vernünftig benehmen. Hier nicht. Die haben einfach keine Achtung vor Frauen.«

Sie hat grüne Augen und weiße ebenmäßige Zähne. Er überlegt sich, wie es wäre, einen solchen Mund zu haben. Ihr Vater ist angeblich Chirurg. In Hamburg. Nico sagt, das sei nicht wahr.

»Das sind Kinder hier«, sagt Inge. »In Deutschland achten sie dich heutzutage wenigstens ein bißchen. Die Männer behandeln einen nicht so wie hier, sie wissen, was sich gehört.«

»Nico«, ruft er.

Sie kommt herein, bürstet sich das Haar.

»Ich mach ihm Angst«, erklärt Inge. »Weißt du, was ich schließlich getan habe? Ich hab ihn um fünf Uhr morgens angerufen. Warum hast du nicht angerufen? sage ich. Ich weiß nicht, sagt er – ich konnte hören, daß er geschlafen hatte – wie spät ist es? Fünf Uhr, sage ich. Bist du sauer auf mich? Ein bißchen, sagt er. Gut, ich bin nämlich auch sauer auf dich. Peng, hab ich aufgelegt.«

Nico schließt die Tür zum Balkon und bringt den Käfig herein.

»Es ist warm«, sagt Malcolm, »laß ihn da draußen. Er braucht Sonnenlicht.«

Sie sieht in den Käfig.

»Ich glaub, ihm geht es nicht gut«, sagt sie.

»Er ist okay.«

»Der andere ist letzte Woche gestorben«, erklärt sie Inge. »Ganz plötzlich. Er war nicht mal krank.«

Sie schließt einen Türflügel und läßt den anderen offen. Der Vogel sitzt im mittlerweile strahlenden Sonnenschein, gefiedert, heiter.

»Ich glaub nicht, daß sie alleine leben können«, sagt sie.

»Dem geht es gut«, versichert Malcolm ihr. »Sieh ihn dir an.«

Die Sonne bringt seine Farben zum Leuchten. Er sitzt auf der obersten Stange. Seine Augen haben vollkommen runde Lider. Er klappt sie auf und zu.

Der Fahrstuhl ist noch auf ihrem Stockwerk. Inge betritt ihn als erste. Malcolm zieht die schmalen Türen zu. Es ist, als schließe man einen kleinen Schrank. Sie fahren abwärts, die Gesichter dicht beieinander. Malcolm sieht Inge an. Sie ist in Gedanken versunken.

Sie gehen auf einen weiteren Kaffee in die kleine Bar unten im Haus. Er hält ihnen die Tür auf. Es ist niemand da – nur ein einzelner Mann, der Zeitung liest.

»Ich glaube, ich ruf ihn noch mal an«, sagt Inge.

»Frag ihn, warum er dich heut morgen um fünf Uhr geweckt hat«, sagt Malcolm.

Sie lacht. »Ja«, sagt sie. »Wunderbar. Das werd ich machen.«

Das Telefon ist am anderen Ende der marmornen Theke, aber Nico redet mit ihm, und er kann nichts verstehen.

»Interessiert dich das nicht?« fragt er.

»Nein«, sagt sie.

Inges Auto ist ein blauer Volkswagen, ein Blau wie das bestimmter Luftpostumschläge. Ein Kotflügel ist eingedellt.

»Du hast mein Auto ja noch nicht gesehen«, sagt sie. »Was hältst du davon? Meinst du, das war ein guter Kauf? Ich verstehe nichts von Autos. Das ist mein erstes. Ich hab es jemandem, den ich kenne, abgekauft, einem Maler, aber er hatte schon einen Unfall damit. Der Motor hat gebrannt.«

»Ich kann zwar fahren«, sagt sie. »Aber es ist besser, wenn jemand neben mir sitzt. Kannst du fahren?«

»Sicher«, sagt er.

Er setzt sich ans Steuer und läßt den Motor an. Nico sitzt hinten.

»Na, was meinst du?« sagt Inge.

»Sag ich dir gleich.«

Obwohl es erst ein Jahr alt ist, wirkt das Auto ein wenig heruntergekommen. Der Stoff an der Decke ist ausgeblichen. Selbst das Lenkrad kommt ihm mitgenommen vor. Nachdem sie ein paar Häuserblocks gefahren sind, sagt Malcolm: »Scheint in Ordnung zu sein.«

»Ja?«

»Die Bremsen sind ein bißchen schwach.«

»Wirklich?«

»Ich glaube, sie brauchen neue Beläge.«

»Ich hab es erst kürzlich abschmieren lassen«, sagt sie.

Malcolm sieht sie an. Sie scheint es ernst zu meinen.

»Bieg hier nach links ab«, sagt sie.

Sie dirigiert ihn durch die Stadt. Mittlerweile ist ein wenig Verkehr aufgekommen, aber sie kommen gut durch. Viele Kreuzungen in Barcelona weiten sich zu großen achteckigen Plätzen. Es gibt nur wenige rote Ampeln. Sie fahren durch riesige Wohnviertel mit alten, hohen Häusern, vorbei an Fabriken, an den ersten leeren Feldern am Stadtrand. Inge dreht sich auf dem Vordersitz zu Nico um.

»Ich hab die Nase voll von hier«, sagt sie. »Ich würde gern nach Rom gehen.«

Sie kommen am Flughafen vorbei. Die Straße zum Meer ist überfüllt. Der ganze über die Stadt verteilte Verkehr läuft hier zusammen, Busse, Laster, unzählige Kleinwagen.

»Nicht mal fahren können sie«, sagt Inge. »Was machen die nur? Kannst du nicht überholen?«

»Na los«, sagt sie. Sie greift hinüber, um zu hupen.

»Das hat keinen Zweck«, sagt Malcolm.

Inge hupt erneut.

»Sie können nicht schneller fahren.«

»Die machen mich wahnsinnig«, ruft sie.

Zwei Kinder im vorderen Auto haben sich umgedreht. Ihre Gesichter sind blaß und durch die Heckscheibe verspiegelt.

»Warst du schon mal in Sitges?« sagt Inge.

»In Cadaques.«

»Ah«, sagt sie. »Ja, schön da. Man muß aber jemanden mit einer Villa kennen.«

Die Sonne ist weiß. Das Land liegt strohfarben in ihrem Licht. Die Straße verläuft parallel zur Küste, entlang billiger Badestrände, vorbei an Campingplätzen, Häusern, Hotels. Zwischen der Straße und dem Meer liegen die Eisenbahngeleise mit kleinen Unterführungen für die Badegäste, um ans Meer zu kommen. Nach einer Weile verschwindet all das. Sie kommen an fast verlassenen Küstenstrecken vorbei.

»In Sitges«, sagt Inge, »versammeln sich sämtliche blonden Mädchen von Europa. Schweden, Deutschland, Holland. Ihr werdet sehen.«

Malcolm sieht auf die Straße.

»Die braunen Augen der Spanier haben es ihnen angetan«, sagt sie.

Sie greift hinüber, um zu hupen.

»Sieh sie dir an! Kriechen tun sie!«

»Sie kommen voller Hoffnungen hierher«, sagt Inge. »Sparen ihr Geld, kaufen sich Badeanzüge so groß wie ein Daumennagel, und was passiert? Vielleicht werden sie eine Nacht geliebt, das war's. Die Spanier haben keine Ahnung, wie man Frauen behandelt.«

Nico sitzt still auf dem Rücksitz. Ihr Gesicht hat diesen ruhigen Ausdruck, der bedeutet, daß sie sich langweilt.

»Sie wissen nichts«, sagt Inge.

Sitges ist ein kleines Städtchen mit feuchten Hotels, den grünen Fensterläden und dem ausgedörrten Rasen eines Badeortes. Überall sind Autos geparkt. Die Straßen sind gesäumt von ihnen. Schließlich finden sie zwei Blocks vom Strand entfernt eine Parklücke.

»Schließ es gut ab«, sagt Inge.

»Den wird schon keiner klauen«, sagt Malcolm.

»Also gefällt er dir doch nicht so gut«, sagt sie.

Sie gehen über das Trottoir, dessen Oberfläche von der Hitze aufgeworfen scheint. Sie sind umgeben von den flachen, schmucklosen Fassaden zu dicht aneinandergebauter Häuser. Trotz der Autos ist der Ort merkwürdig verlassen. Es ist zwei Uhr. Alle sind beim Mittagessen.

Malcolm hat eine Badehose aus fester Baumwolle, die blaue glänzende Baumwolle der Tuaregs. Vorne hat sie einen kleinen fingerbreiten Gürtel. Er fühlt sich voller Kraft, als er sie anzieht. Er hat den Körper eines Läufers, einen makellosen Körper, den Körper eines Märtyrers in einem flämischen Gemälde. Die Adern liegen wie Kordeln unter der Haut seiner Arme und Beine. Die Rückwände der Kabinen sind aus Beton, auf dem Boden liegen Bastmatten. Seine Kleider hängen formlos an einem Haken. Er tritt auf den Gang. Die Frauen ziehen sich noch um, er weiß nicht hinter welcher Tür. An einem Nagel ist ein kleiner Spiegel angebracht. Er fährt sich mit der Hand durchs Haar und wartet. Draußen ist die Sonne.

Im flachen Wasser liegen Kiesel, die so scharf wie Nägel sind. Malcolm geht als erster hinein. Nico folgt ihm wortlos. Das Wasser ist kühl. Er spürt, wie es seine Beine hochklettert, den Rand seiner Badehose berührt und ihn dann mit einer Woge – er versucht, hoch genug zu springen – umschließt. Er springt kopfüber hinein. Er taucht lächelnd auf. Salzgeschmack ist auf seinen Lippen. Nico ist auch untergetaucht. Sie kommt ganz in seiner Nähe hoch, langsam, und streicht sich ihr nasses Haar mit einer Hand aus dem Gesicht. Sie steht mit halb geschlossenen Lidern da, ohne genau zu wissen, wo sie ist. Er legt einen Arm um ihre Taille. Sie lächelt. Sie hat einen bestimmten untrüglichen Instinkt dafür, wann sie am schönsten ist. Einen Moment lang stehen sie weich aneinandergelehnt da. Er hebt sie auf die Arme und trägt sie, unterstützt von den Wellen, ins tiefere

Wasser. Ihr Kopf lehnt an seiner Schulter. Inge liegt in ihrem Bikini am Strand und liest den *Stern*.

»Stimmt was nicht mit Inge?« sagt er.

»Alles.«

»Nein, ich meine, will sie nicht reinkommen?«

»Sie hat ihre Tage«, sagt Nico.

Sie legen sich auf ihre Badetücher neben sie. Sie ist, wie Malcolm bemerkt, sehr braun. Nico wird nie so dunkel, egal wie lange sie in der Sonne bleibt. Es ist fast eine Art Starrsinn, als böte er ihr die Sonne an, und sie nähme sie nicht. Sie sei an einem einzigen Tag so braun geworden, erzählt ihnen Inge. An einem einzigen Tag! Es scheint unglaublich. Sie sieht auf ihre Arme und Beine, wie zur Bestätigung. Ja, so war's. Nackt auf den Felsen von Cadaques. Sie sieht hinunter auf ihren Bauch, und dabei entstehen mehrere mädchenhafte Speckröllchen.

»Du wirst dick«, sagt Nico.

Inge lacht. »Das sind meine Ersparnisse«, sagt sie.

So sehen sie aus, wie Gürtel, wie Teile eines Kostüms, das sie trägt. Wenn sie sich zurücklegt, sind sie verschwunden. Ihr Körper ist glatt. Ihr Bauch ist wie ihr übriger Körper mit einem zarten goldenen Flaum bedeckt. Zwei spanische Jugendliche schlendern unten am Wasser vorbei.

Sie spricht zum Himmel. Wenn sie nach Amerika geht, sagt sie, lohnt es sich dann, das Auto mitzunehmen? Schließlich hat sie es sehr günstig bekommen, sie könnte es wahrscheinlich verkaufen, wenn sie es nicht wieder mit zurücknehmen will, und sogar noch etwas Geld machen.

»In Amerika gibt es massenweise Volkswagen«, sagt Malcolm.

»Ja?«

»Es ist voller deutscher Autos. Jeder da hat eines.«

»Sie gefallen ihnen also«, sagt sie. »Der Mercedes ist ein guter Wagen.«

»Der wird sehr bewundert«, sagt Malcolm.

»So einen hätt ich gerne. Gleich mehrere. Wenn ich Geld habe, wird das mein Hobby sein«, sagt sie. »Ich würde gerne in Tanger leben.«

»Schöner Strand dort.«

»Ja? Ich würde schwarz wie ein Neger werden.«

»Da kannst du dich aber nicht nackt sonnen.«

Inge lächelt.

Nico scheint zu schlafen. Sie liegen schweigend da, die Füße zur Sonne gerichtet. Sie hat ihre Kraft verloren. Es gibt nur noch vorübergehende Momente von Wärme, wenn der Wind völlig erstirbt und die Sonne direkt auf ihre Körper fällt, schwach, aber flutend. Die Stunde der Melancholie nähert sich, die Stunde, wenn alles vorbei ist.

Um sechs Uhr setzt sich Nico auf. Ihr ist kalt.

»Komm«, sagt Inge. »Laß uns am Strand entlanggehen.«

Sie besteht darauf. Die Sonne ist noch nicht untergegangen. Sie wird ausgelassen.

»Komm«, sagt sie, »es ist der gute Teil, hier sind all die großen Villen. Wir gehen vorbei und beglücken die alten Männer.«

»Ich will niemanden beglücken«, sagt Nico und verschränkt die Arme.

»So einfach ist das gar nicht«, versichert ihr Inge.

Nico geht mürrisch mit. Sie umfaßt ihre Ellbogen. Der Wind kommt vom Land. Auf dem Meer sind jetzt kleine Wellen, die sich still zu brechen scheinen. Das Geräusch ist weich, wie vergessen. Nico trägt einen grauen Badeanzug mit freiem Rücken, und während Inge vor den Häusern der Reichen herumturnt, blickt sie auf den Sand.

Inge geht ins Wasser. Komm, sagt sie, es ist warm. Sie lacht und ist glücklich, ihre Heiterkeit ist stärker als die Stunde, stärker als die Kälte. Malcolm folgt ihr langsam. Das Wasser *ist* warm. Es scheint auch klarer. Und niemand darin, in beiden Richtungen, soweit das Auge reicht. Sie baden allein. Die Wellen steigen und heben sie sanft in die Höhe. Das Wasser fließt über sie und wäscht ihre Seele.

Am Eingang der Kabinen stehen die jungen spanischen Burschen, um einen Blick zu erhaschen, wenn die Duschkabinentür zu früh geöffnet wird. Sie tragen blaue Wollbadehosen. Auch schwarze. Ihre Füße scheinen sehr lange Zehen zu haben. Es gibt nur eine Dusche mit einem einzigen, weiß gestrichenen Duschhahn. Das Wasser ist kalt. Inge geht als erste hinein. Ihr Bikini erscheint – zuerst ein kleines Teil, dann das andere –, sie hängt ihn über die Tür. Malcolm wartet. Er kann das weiche Klatschen und das Streichen ihrer Hände hören, das plötzliche Aufschlagen des Wassers auf dem Beton, als sie zur Seite tritt. Die Jungen an der Tür erheitern ihn. Er sieht nach draußen. Sie sprechen mit leisen Stimmen. Sie schubsen einander, feixen, tun so, als wäre es ein Spiel.

Die Straßen von Sitges haben sich verändert. Die Glocke, die den Abend ankündigt, hat geschlagen, und überall schlendern Gruppen von Menschen. Es ist schwer zusammenzubleiben. Malcolm hat um beide einen Arm gelegt. Sie reagieren auf seine Bewegungen wie Pferde. Inge lächelt. Die Leute werden denken, daß sie es zu dritt tun, sagt sie.

Sie gehen in ein Café. Es ist kein gutes Café, beschwert sich Inge.

»Es ist das beste«, sagt Nico schlicht. Es ist eine ihrer Begabungen, daß sie, wo immer sie hingeht, auf einen Blick sagen kann, welches Café das richtige ist, welches Restaurant, welches Hotel.

»Nein«, sagt Inge beharrlich.

Nico scheint es nicht zu kümmern. Sie gehen jetzt getrennt, und Malcolm flüstert: »Was sucht sie denn?«

»Weißt du das nicht?« sagt Nico.

»Siehst du diese Jungen?« sagt Inge. Sie sitzen in einem anderen Café, einer Bar. Überall um sie herum – gebräunte Glieder, von langen, glühenden Nachmittagen geblichenes Haar – sitzen junge Männer, das süße Starren des Nichtstuns im Gesicht.

»Sie haben kein Geld«, sagt sie. »Keiner von ihnen könnte dich zum Essen einladen. Kein einziger. Sie haben nichts. Das ist Spanien«, sagt sie.

Nico wählt das Restaurant, in dem sie zu Abend essen. Sie hat das Gefühl, an diesem Tag zu einer unbedeutenderen Person geworden zu sein. Die Gegenwart dieser Freundin, dieses Mädchens, mit der sie in den Tagen, als sie beide versuchten, sich in der Stadt zurechtzufinden, kurz zusammen gewohnt hatte – als sie noch niemanden kannte, nicht einmal die Straßennamen, und sie so krank wurde, daß sie gemeinsam ihrem Vater telegrafierten – sie hatten kein Telefon –, dieses plötzliche Erscheinen von Inge scheint ihrer Vergangenheit die Würde zu nehmen. Ganz plötzlich wird sie von der Gewißheit geplagt, daß Malcolm sie verachtet. Ihre Sicherheit, ohne die sie nichts ist, scheint verschwunden zu sein. Das Tischtuch wirkt weiß und blendend. Es scheint sie drei unerbittlich anzustrahlen. Die Messer und Gabeln sind wie chirurgische Instrumente ausgelegt. Die Teller stehen kalt vor ihnen. Sie ist nicht hungrig, aber sie wagt nicht, das Essen abzulehnen. Inge spricht von ihrem Freund.

»Er ist schrecklich«, sagt sie. »Er ist herzlos. Aber ich verstehe ihn. Ich weiß, was er will. Eine Frau kann sowieso nie hoffen, alles für einen Mann zu sein. Das wäre nicht natürlich. Ein Mann muß mehrere Frauen haben.«

»Du bist verrückt«, sagt Nico nüchtern.

»Das ist wahr.«

Die Aussage reicht, um ihr alle Kraft zu nehmen. Malcolm untersucht sein Uhrarmband. Nico kommt es so vor, daß er das Ganze einfach zuläßt. Er ist so dumm, denkt sie. Dieses Mädchen kommt aus den einfachsten Verhältnissen, und er findet das interessant. Sie glaubt, weil die Männer mit ihr ins Bett gehen, würden sie sie heiraten. Natürlich nicht. Niemals. Nichts könnte von der Wahrheit weiter entfernt sein, denkt Nico, obwohl sie, während sie dies denkt, weiß, daß sie vielleicht unrecht hat.

Sie gehen für den Kaffee zu Chez Swann. Nico setzt sich nicht zu ihnen. Sie ist müde, sagt sie. Sie rollt sich auf einem Sofa zusammen und schläft ein. Sie ist erschöpft. Der Abend ist kühl geworden.

Eine Stimme weckt sie, Musik, eine wunderbare Stimme zwischen einzelnen Gitarrensätzen. Nico hört sie im Schlaf und setzt sich auf. Malcolm und Inge unterhalten sich. Das Lied ist wie etwas lang Ersehntes, etwas, nach dem sie gesucht hat. Sie rückt an ihn heran und berührt seinen Arm.

»Hör doch«, sagt sie.

»Was?«

»Das Lied«, sagt sie. »Maria Pradera.«

»Maria Pradera?«

»Der Text ist wunderschön«, sagt Nico.

Einfache Sätze. Sie wiederholt sie wie eine Litanei. Geheimnisvolle Wiederholungen: schwarzhaarige Mutter … schwarzhaariges Kind. Die Ausdruckskraft der Armen, glattgeschliffen und rein wie ein Kiesel.

Malcolm hört geduldig zu, aber er versteht nichts. Sie kann es sehen: er hat sich verändert. Während sie geschlafen hat, ist er vergiftet worden, mit Geschichten über ein häßliches Spanien, nach und nach ist er damit gefüttert worden, bis sie in seinen Venen zirkulieren, ein Spanien aus der Vorstellung einer Frau, die weiß, daß sie niemals mehr als nur ein Teil von dem sein kann, was ein Mann braucht. Inge ist ruhig. Sie glaubt an sich. Sie glaubt an ihr Recht zu leben, zu bestimmen.

Die Straße ist dunkel. Sie haben das Verdeck geöffnet, eine Nacht so dicht von Sternen, daß sie sich ins Auto zu ergießen scheinen. Nico, auf dem Rücksitz, hat Angst. Inge redet. Sie greift ins Steuer, um Autos anzuhupen, die zu langsam fahren. Malcolm lacht darüber. In Barcelona gibt es Zimmer, in denen Inge mit ihrem Geliebten an Winternachmittagen vor einem warmen, prasselnden Feuer saß. Es gibt Häuser, in denen sie auf Felldecken miteinander geschlafen haben. Natürlich, damals war er nett. In ihrer Vorstellung sah sie sich im Polo-Club, bei Dinnerpartys in den besten Häusern.

Die Straßen der Stadt sind fast verlassen. Es ist kurz vor Mitternacht, Sonntagmitternacht. Der Tag in der Sonne hat sie ermüdet, das Meer hat ihnen die Kraft genommen. Sie fahren zur Avenida General Mitre und sagen einander durch das Autofenster gute Nacht. Der Aufzug fährt sehr langsam hinauf. Schweigen hängt an ihnen. Sie sehen auf den Boden wie Spieler, die verloren haben.

Die Wohnung ist dunkel. Nico macht Licht und verschwindet dann. Malcolm wäscht sich die Hände. Er trocknet sie. Die Zimmer wirken sehr still. Er beginnt sie langsam zu durchwandern und findet Nico auf den Knien in der Tür zur Terrasse, als wäre sie gestürzt.

Malcolm sieht auf den Käfig. Kalil liegt auf dem Boden.

»Gib ihm ein bißchen Brandy. Auf einem Zipfel Taschentuch«, sagt er.

Sie hat die Käfigtür geöffnet.

»Er ist tot«, sagt sie.

»Laß mich mal sehen.«

Er ist steif. Die kleinen Füße sind zusammengerollt und trocken wie Zweige. Er scheint irgendwie leichter. Der Atem hat seine Federn verlassen. Ein Herz, nicht größer als ein Orangenkern, hat aufgehört zu schlagen. Der Käfig steht leer im kalten Türeingang. Es scheint, als gäbe es nichts zu sagen. Malcolm schließt die Tür.

Später im Bett lauscht er ihrem Schluchzen. Er versucht, sie zu trösten, aber er kann es nicht. Sie kehrt ihm den Rücken zu. Sie antwortet nicht.

Sie hat kleine Brüste und große Brustwarzen. Außerdem, wie sie selber sagt, einen ziemlich dicken Hintern. Ihr Vater hat drei Sekretärinnen. Hamburg liegt nah am Meer.

ZWANZIG MINUTEN

Das folgende passierte einer Frau namens Jane Vare in der Nähe von Carbondale. Ich traf sie einmal auf einer Party. Sie saß auf einem Sofa, beide Arme auf der Lehne ausgestreckt und in einer Hand einen Drink. Wir sprachen über Hunde. Sie besaß einen alten Greyhound. Sie hatte ihn gekauft, um ihm das Leben zu retten, sagte sie. Auf der Rennbahn töten sie sie lieber, als daß sie sie füttern, wenn sie nicht mehr gewinnen, manchmal drei oder vier auf einmal, sie werfen sie hinten in einen Laster und fahren sie auf die Müllkippe. Dieser Hund hieß Phil. Er hatte steife Gelenke und war fast blind, aber sie bewunderte seine Würde. Manchmal pinkelte er gegen die Wand, hob sein Bein fast bis zum Türgriff, aber er hatte ein edles Gesicht.

Das Halfter auf dem Küchentisch, Schmutz auf den breiten Fußdielen. Sie kam herein wie ein junger Stallbursche, in einer alten Jacke und Stiefeln. Sie hatte, wie man sagt, einen guten Sitz und Siegerschleifen, die sich wie Federn an der Wand fächerten. Ihr Vater hatte in Irland gelebt, wo man am Sonntagmorgen zu Pferd ins Eßzimmer kam und der Gastgeber in voller Montur auf seinem Bett starb. Ihr Leben war auch so geworden. Sie hatte Geld und Dellen in der Seite ihres noch fast neuen schwedischen Autos. Ihr Mann war seit einem Jahr fort.
Bei Carbondale fällt der Fluß über eine Schwelle und wird dann breiter. Eine spinnwebartige Eisenbahnbrücke spannt sich über das Wasser, viele Male gestrichen. Früher wurde hier Kohle gefördert.

Es war spät am Nachmittag, und ein Regenschauer war vorübergezogen. Das Licht war silbrig und seltsam. Autos, die aus dem Regen auftauchten, fuhren bei Scheinwerferlicht und hin- und hergehenden Scheibenwischern. Die gelben Straßenbaumaschinen, die am Straßenrand standen, leuchteten unnatürlich grell.

Es war die Stunde kurz nach der Arbeit, wenn hoch oben in der Luft der Strahl der Bewässerungspumpen glitzert, die Hügel dunkel zu werden beginnen und die Wiesen wie Teiche sind.

Sie ritt alleine oben den Kamm entlang. Sie saß auf einem Hengst namens Fiume, groß, wohlgeformt, aber nicht sehr klug. Er hörte nichts und stolperte manchmal im Schritt. Sie waren bis zum Reservoir gekommen und dann wieder zurück in Richtung Westen geritten, wo die Sonne unterging. Er konnte galoppieren, dieser Hengst. Seine Hufe trommelten. Ihr Hemd war im Rücken vom Wind gebläht, der Sattel knarrte, sein riesiger Nacken war dunkel vor Schweiß. Sie ritten am Graben entlang und auf ein Gatter zu – sie sprangen immer darüber.

Im letzten Augenblick passierte etwas. Es war nur ein kurzer Moment. Vielleicht schlugen die Vorderfüße aneinander oder er war in ein Loch getreten, aber plötzlich brach er ein. Sie flog über seinen Kopf, und wie in Zeitlupe kam er hinterher. Er überschlug sich – sie lag da und sah, wie er auf sie zuschwebte. Er landete auf ihrem Unterkörper.

Es war, als wäre sie von einem Auto überfahren worden. Sie war betäubt, fühlte sich aber unverletzt. Eine Minute lang glaubte sie, aufstehen und sich abklopfen zu können.

Das Pferd war aufgestanden. Seine Beine waren schmutzig, und auch auf seinem Rücken war Matsch. In der Stille konnte sie das Klirren des Zaumzeugs und sogar das fließende Wasser im Graben hören. Überall um sie herum waren Wiesen und Stille. Ihr wurde übel. Dort unten war alles gebrochen – sie wußte es, obwohl sie nichts spürte. Sie wußte, daß sie etwas Zeit hatte. Zwanzig Minuten, hieß es immer. Das Pferd zupfte etwas Gras. Sie stützte sich auf die Ellbogen, und ihr war sofort schwindlig. »Gottverdammtes Vieh!« rief sie. Sie weinte fast. »Mach schon! Geh nach Hause!« Jemand könnte den leeren Sattel sehen. Sie schloß die Augen und versuchte nachzudenken. Irgendwie konnte sie es nicht glauben – nichts, was geschehen war, schien wahr.

Es war wie am Morgen, als man zu ihr kam und ihr mitteilte, daß Privet verletzt worden sei. Der Aufseher wartete auf der Weide. »Ihr Bein ist gebrochen«, sagte er.

»Wie ist das passiert?«

Er wußte es nicht. »Sieht aus, als wär sie getreten worden«, sagte er.

Das Pferd lag unter einem Baum. Sie kniete sich daneben und streichelte seine flache, gerade Nase. Die großen Augen schienen anderswohin zu sehen. Der Tierarzt war schon unterwegs, mit einem Auto von Catherine Store, gefolgt von einer Staubwolke, aber es dauerte schließlich sehr lange, bis er eintraf. Er parkte ein wenig abseits und kam zu Fuß herüber. Dann sagte er das, was sie erwartet hatte, sie würden sie töten müssen.

Sie lag da und erinnerte sich daran. Der Tag war vorüber. Lichter gingen hier und da in weit entfernt liegenden Häusern an. Die Sechs-Uhr-Nachrichten liefen. Tief unten konnte sie das Heufeld von Piñones sehen und viel näher, hundert Schritt entfernt, einen Lastwagen. Er gehörte jemandem, der versucht hatte, da unten ein Haus zu bauen. Er stand auf Böcken, er fuhr nicht mehr. Es gab noch andere Häuser, im Umkreis von etwa einer Meile. Auf der anderen

Seite des Kamms lag, versteckt unter Bäumen, das Metall-
dach des alten Vaughn, dem dies alles früher einmal gehört
hatte und der jetzt kaum noch gehen konnte. Weiter west-
lich das schöne rötliche Adobehaus, das Bill Millinger gebaut hatte, bevor er pleite ging oder was auch immer. Er
hatte einen guten Geschmack. Das Haus hatte die für den
Südwesten typischen Baumstammdecken, Navajoteppiche
und in jedem Zimmer einen Kamin. Durch Fenster mit
getönten Scheiben hatte man weite Ausblicke auf die Berge. Jemand, der genug wußte, um ein solches Haus zu bauen,
wußte alles.

Sie hatte für ihn dieses berühmte Dinner gegeben, ein un-
vergeßlicher Abend. Die Wolken trieben den ganzen Tag
über die Bergkuppe des Sopris, dann kam der Schnee. Sie
unterhielten sich vor dem Feuer. Auf dem Kaminsims standen Weinflaschen, und alle waren gut gekleidet. Draußen
strömte der Schnee herab. Sie hatte Seidenhosen angezogen und trug ihr Haar offen. Zum Schluß stand sie mit ihm
an der Tür zur Küche. Sie war von Wärme erfüllt und ein
wenig betrunken, er auch?

Er beobachtete ihren Finger am Rand seines Revers. Ihr
Herz pochte. »Du wirst mich heute nacht doch nicht allein
lassen?« fragte sie.

Er hatte blondes Haar und kleine, eng anliegende Ohren.
»Oh ...«, begann er.

»Was?«

»Weißt du das nicht? Ich bin anders herum.«

Wie, anders, fragte sie beharrlich. Was für eine Verschwen-
dung. Die Straßen waren verweht, das Haus im Schnee verloren. Sie begann zu betteln – sie konnte nicht anders – und
wurde dann wütend. Die Seidenhosen, die Möbel, sie haßte
alles.

Am Morgen stand sein Wagen noch vor dem Haus. Sie fand ihn in der Küche, er machte Frühstück. Er hatte auf dem Sofa geschlafen, hatte sich mit den Fingern das ziemlich lange Haar gekämmt. Auf den Wangen hatte er blonde Stoppeln. »Gut geschlafen, Darling?« fragte er.

Manchmal lief es anders herum – in der Bar in Saratoga, wo der Held der große Engländer war, der so viel Geld bei den Auktionen gemacht hatte. Ob sie in der Gegend wohne, fragte er. Wenn man dicht bei ihm stand, sahen seine Augen wäßrig aus, aber dann sagte er mit dieser englischen Stimme, die so rein war: »Wunderbar, an einen Ort zu kommen und jemanden wie Sie zu treffen.«

Sie hatte sich nicht wirklich überlegt, ob sie bleiben oder gehen wollte, und sie trank etwas mit ihm. Er rauchte eine Zigarette.

»Wissen Sie nicht, was die anrichten?« sagte sie.

»Nein, was ist damit?«

»Krebs wird Euch befallen.«

»Euch?«

»Quäker sprechen so.«

»Sind Sie wirklich Quäkerin?«

»Ach, früher einmal.«

Er hielt ihren Ellbogen. »Wissen Sie, was ich gerne tun würde? Ich würd Euch gerne vögeln«, sagte er.

Sie beugte den Arm, um sich von ihm zu lösen.

»Wirklich«, sagte er. »Heute nacht.«

»Ein andermal«, sagte sie ihm.

»Es gibt für mich kein andermal. Meine Frau kommt morgen, ich kann nur heute abend.«

»Pech für Sie. Ich kann jeden Abend.«

Sie hatte ihn nicht vergessen, obwohl sie sich nicht an seinen Namen erinnerte. Sein Hemd hatte elegante blaue

Streifen. »Oh, du verdammtes Vieh«, rief sie plötzlich. Es war das Pferd. Es war dageblieben. Es stand drüben am Zaun. Sie begann, es zu rufen. »Hierher, Junge. Komm her«, bat sie. Es bewegte sich nicht vom Fleck. Sie wußte nicht, was sie tun sollte. Fünf Minuten waren vergangen, vielleicht mehr. O Gott, sagte sie, Herr, Herr im Himmel. Sie konnte das lange Stück Straße sehen, das vom Highway heraufführte, die ungepflasterte Oberfläche war sehr hell. Jemand würde die Straße heraufkommen und nicht abbiegen. Die Unglücksstraße. Sie war sie an jenem Tag mit ihrem Mann gefahren. Es gebe etwas, was er ihr sagen wolle, erklärte Henry, den Kopf in merkwürdigem Winkel zurückgelegt. Er wolle ganz neu anfangen. Ihr Herz machte einen Satz. Er würde mit Mara Schluß machen, sagte er.

Es folgte Stille.

Schließlich sagte sie. »Mit wem?«

Er erkannte seinen Fehler. »Das Mädchen, das ... in dem Architektenbüro. Sie arbeitet da als Zeichnerin.«

»Was meinst du mit Schluß machen?« Es fiel ihr schwer zu sprechen. Sie sah ihn an, wie man einen Flüchtling ansehen würde.

»Du wußtest doch davon, oder nicht? Ich war mir sicher, du wüßtest es. Auf jeden Fall ist es jetzt vorbei. Das wollte ich dir sagen. Ich wollte das alles hinter uns lassen.«

»Halt den Wagen an«, sagte sie. »Sag nichts mehr, halt einfach an.«

Er fuhr neben ihr her und versuchte, es ihr zu erklären, aber sie nahm die größten Steine auf, die sie finden konnte, und warf sie gegen das Auto. Dann ging sie mit unsicheren Schritten von der Straße weg, durch die Felder, die Salbeibüsche zerkratzten ihre Beine.

Als sie ihn nach Mitternacht vorfahren hörte, sprang sie

aus dem Bett und rief aus dem Fenster: »Nein, nein! Geh weg!«

»Was ich nie verstanden habe, ist, warum es mir niemand gesagt hat«, sagte sie später. »Ich hatte gedacht, das wären meine Freunde.«

Manche Ehen scheiterten, manche wurden geschieden, manche Männer wurden in Wohnwagen erschossen wie Doug Portis, der ein Tiefbauunternehmen hatte und sich mit der Frau eines Polizisten traf. Manche, wie ihr Mann, zogen nach Santa Barbara und wurden zum Extramann bei Dinnerpartys.

Es wurde langsam dunkel. Helft mir doch, Hilfe, wiederholte sie immer wieder. Jemand würde kommen, mußte kommen. Sie versuchte, keine Angst zu haben. Sie dachte an ihren Vater, der das Leben in einem Satz erklären konnte: »Sie schlagen dich nieder, und du stehst wieder auf. Das ist alles.« Er kannte nur eine Tugend. Er würde hören, was passiert war, daß sie einfach dort liegengeblieben war. Sie mußte versuchen, nach Hause zu kommen, und wenn es nur ein kleines Stück war, wenigstens ein paar Meter.

Sich auf die Handflächen stützend, schaffte sie es, sich vorwärtszuschleppen, sie rief das Pferd, während sie das tat. Vielleicht konnte sie einen Steigbügel zu fassen bekommen, wenn er kam. Sie versuchte, ihn zu finden. Im letzten Licht sah sie die verblassenden Pappeln, aber der Rest war verschwunden. Die Zaunpfähle waren fort. Die Wiesen waren davongetrieben.

Sie versuchte, ein Spiel zu spielen: Sie lag nicht neben dem Graben, sie war an einem anderen Ort, an all den Orten – auf der Eleventh Street in ihrer ersten Wohnung über dem großen Oberlicht des Restaurants, am Morgen in Sausalito, als das Mädchen an die Tür klopfte und Henry versuchte, auf spanisch zu rufen, jetzt nicht, jetzt nicht! Und Postkarten auf der Marmorplatte der Kommode und Dinge, die sie gekauft hatten. Vor dem Hotel in Haiti lehnten die Taxifahrer an ihren Autos und riefen mit weichen Stimmen: Hey, *blanc*, Sie wollen fahren an einen schönen Strand? Strand von Ibo? Sie wollten dreißig Dollar für einen Tag, sagten sie, was bedeutete, daß der normale Preis vermutlich bei fünf lag. Mach schon, gib sie ihm, sagte sie. Sie konnte sich so leicht dahin versetzen oder in ihr eigenes Bett, an einem stürmischen Tag, lesend, während der Regen böig gegen die Fenster schlug, die Hunde zu ihren Füßen. Auf dem Schreibtisch standen Fotografien: Pferde, und sie beim Springen, und eins von ihrem Vater, beim Lunch, als er dreißig war, in Burning Tree. Sie hatte ihn eines Tages angerufen – sie würde heiraten, sagte sie. Heiraten, sagte er, wen? Einen Mann namens Henry Vare, sagte sie, der einen schönen Anzug trägt, wollte sie hinzufügen, und wunderbare breite Hände hat. Morgen, sagte sie.

»Morgen?« Seine Stimme schien weiter weg. »Bist du sicher, daß du das Richtige tust?«

»Vollkommen.«

»Gott segne dich«, sagte er.

In dem Sommer waren sie hierhergezogen – es war der Ort, an dem Henry gelebt hatte – und hatten das Haus hinter den Macraes gekauft. Das ganze Jahr arbeiteten sie daran, und Henry machte sich als Landschaftsarchitekt selbständig. Sie hatten ihre eigene Welt. Nur in Shorts liefen sie über die Felder, die Erde war warm unter den Füßen, die Haut mit Schlamm besprenkelt vom Schwimmen im Graben, in dem das Wasser kühl und tief war, wie zwei sonnengebleichte Kinder, aber viel schöner, die Fliegentür schlägt zu, Sachen liegen auf dem Küchentisch, Kataloge, Messer, alles neu. Der Herbst mit seinem strahlenden blauen Himmel und die ersten Unwetter, die von Westen heraufzogen. Es war jetzt dunkel, überall, außer oben auf dem Kamm. Da waren all die Dinge, die sie noch machen wollte, wieder in den Osten gehen, bestimmte Freunde besuchen, ein Jahr am Meer wohnen. Sie konnte nicht glauben, daß es vorbei war, daß sie hier auf der Erde liegenbleiben würde. Plötzlich begann sie, um Hilfe zu rufen, wild, die Sehnen an ihrem Hals traten hervor. Im Dunkeln hob das Pferd den Kopf. Sie rief weiter. Sie wußte, daß es etwas war, wofür sie bezahlen würde, sie entfesselte das Grauen. Schließlich hörte sie auf. Sie konnte ihr Herz hämmern hören und dann noch etwas anderes. O Gott, begann sie zu bitten. Sie lag dort und hörte die ersten feierlichen Trommelschläge, grauenvoll und langsam.

Was es auch sein wird, wie schlimm auch immer, ich werde tun, was mein Vater täte, dachte sie. Hastig versuchte sie, sich ihn vorzustellen, und während sie das tat, spürte sie, wie etwas der Länge nach durch sie hindurchfuhr, etwas Eisernes. In einem einzigen unfaßbaren Moment wurde ihr die Kraft bewußt, die es hatte, wo es sie packen würde, was es bedeutete.

Ihr Gesicht war naß, und sie zitterte. Jetzt war es da. Jetzt mußt du es tun, sagte sie sich. Sie wußte, daß es einen Gott gab, sie hoffte es. Sie schloß die Augen. Als sie sie öffnete, hatte es begonnen, so völlig unerwartet und so rasch. Sie sah, wie etwas Dunkles sich am Zaun entlang bewegte. Es war ihr Pony, das ihr Vater ihr vor langer Zeit geschenkt hatte, ihr schwarzes Pony, das nach Hause ging, über die breiten Felder, über das Weideland. Warte, warte auf mich! Sie begann zu schreien.

Lichter flackerten am Graben entlang auf und nieder. Es

war ein kleiner Lieferwagen, der über die unebene Strecke fuhr, der Mann, der manchmal an dem verlassenen Haus baute, und ein Highschool-Mädchen namens Fern, die auf dem Golfplatz arbeitete. Sie hatten die Fenster hochgekurbelt, und als sie abbogen, glitten ihre Scheinwerfer dicht an dem Pferd vorbei, aber sie sahen es nicht. Sie sahen es später, als sie schweigend zurückfuhren, das große schöne Gesicht, das sie im Dunkeln stumm ansah.

»Es ist gesattelt«, sagte Fern überrascht.

Es stand ruhig da. So fanden sie sie. Sie legten sie nach hinten – ihr Körper war schlaff, in ihren Ohren war Erde – und fuhren mit hundert Stundenkilometern nach Glenwood, sie hielten nicht einmal an, um vorher anzurufen.

Das war falsch, wie jemand später sagte. Es wäre besser gewesen, wenn sie drei Meilen in die andere Richtung, die Straße hinauf, zu Bob Lamb gefahren wären. Er war Tierarzt, aber er hätte vielleicht etwas tun können. Was man auch sagen mochte, er war der beste Arzt weit und breit.

Sie wären eingebogen, das Scheinwerferlicht wäre von dem weißen Farmhaus reflektiert worden, wie in so vielen Nächten. Jeder kannte Bob Lamb. Hinter der Scheune lagen hundert Hunde, darunter auch seine eigenen, begraben.

AMERICAN EXPRESS

Es ist jetzt nicht mehr so einfach, sich an all die Lokale und Nächte zu erinnern, an *Nicola's*, das aussah wie ein Eisenbahnwaggon, lang und blinkend, die vielen Leute in *Un, Deux, Trois*, in *Billy's*. Unbekannte strahlende Gesichter an der Bar. Dunkle, dramatische Augen, die einen Augenblick aufblitzen und wieder verschwinden. In jenen Tagen lebten sie in Wohnungen mit komischen Möbeln, und sonntags schliefen sie bis Mittag. Sie marschierten in der letzten Reihe der Armee des Gesetzes. Gerissene Jungpartner standen über ihnen, Partner, Assoziierte, Männer in teuren Anzügen, die zum Lunch ins *Four Seasons* gingen. Franks Vater aß drei- bis viermal die Woche dort, oder im *Century Club* oder dem *Union*, wo die Leute noch älter waren als er. Die Hälfte der Mitglieder kann nicht urinieren, pflegte er zu sagen, und die andere Hälfte kann nicht aufhören.

Alan dagegen stammte aus Cleveland, wo sein Vater bekannt, sogar berüchtigt war. Kein Angeklagter war zu schuldig für ihn, kein Fall zu eindeutig. Einmal verteidigte er in einem anderen Teil des Staates einen Mörder, einen Schwarzen. Er wußte, wie die Jury dachte, er wußte, wie er auf sie wirkte. Er stand langsam auf. Vielleicht hatten sie irgendwas gehört, begann er. Sie könnten zum Beispiel gehört haben, daß er ein hochbezahlter Anwalt aus der Stadt sei. Sie könnten gehört haben, daß er 300-Dollar-Anzüge trage, daß er einen Cadillac fahre und teure Zigarren rauche. Er ging vor ihnen auf und ab, den Blick auf den Boden gerichtet, als suchte er da etwas. Sie könnten gehört haben, daß er Jude sei.

Er blieb stehen und sah auf. Na gut, er war aus der Stadt, sagte er. Er trug 300-Dollar-Anzüge, er fuhr einen Cadillac, und er war Jude. »Jetzt, wo wir das erledigt haben, können wir ja mal über den Fall reden.«

Anwälte und die Söhne von Anwälten. Tage der Jugend. Morgens, in der schalen Dunkelheit, kreischte die U-Bahn.

»Hast du die Neue am Empfang gesehen?«

»Was ist mit der?« fragte Frank.

Sie waren eingehüllt in Lärm wie beim Start einer Rakete.

»Die ist heiß«, vertraute Alan ihm an.

»Woher weißt du das?«

»Ich weiß es eben.«

»Was soll das heißen, du weißt das?«

»Intuition.«

»*Intuition*?« sagte Frank.

»Ja und?«

»Das zählt nicht.«

Das machte sie unzertrennlich, die Arbeitsstunden, die Lyrik, die Träume. Wie sich herausstellte, sollten sie das Mädchen am Empfang mit ihrer Kurzsichtigkeit und ihrem wilden vollen Haar nie kennerlernen. Sie lernten andere Mädchen kennen, sie kannten Julie, sie kannten Catherine, sie kannten Ames. Fast zwei Jahre lang war Brenda die beste – sie hatte es irgendwie geschafft, das Examen in Marymount zu bestehen, und sie lebte in einer kleinen Wohnung auf der Fourth Avenue West. Ein Foto in einem schmalen, glatten Silberrahmen zeigte ihren Vater mit den beiden Töchtern im Plaza, Brenda war dreizehn, im Gesicht ein seltsames dünnes Lächeln.

»Ich wollte, ich hätte dich damals gekannt«, sagte Frank.

Brenda sagte: »Das kann ich mir vorstellen.«

Es war ihre Stimme, die ihn anzog, spöttisch und warm. Sie glichen einander, sagte sie oft, und in gewisser Weise stimmte das. Sie gingen in ihre Lieblingsbars, wo der Besitzer Klavier spielte und alle sie zu kennen schienen. Sie zählte auf ihn. Die Stadt hat ihre unvergleichlichen Momente – sie drehten sich die Wand der Wohnung entlang, sich küssend, herumrollend wie Steine. Fünf Uhr nachmittags, das schwindende Licht. »Nein«, befahl sie. »Nein, nein, nein.« Er küßte sie auf die Kehle. »So ein schöner Kehlkopf. Was wirst du damit machen?«

»Du lädst mich nie zum Essen ein«, sagte sie.

»Doch, tu ich.«

»Schöner was?«

Sie war wie ein großer Hund, der aus seinen Armen sprang.

»Komm wieder her«, bat er.

Sie ging ins Bad und begann sich die Haare zu bürsten. »In welches Restaurant gehen wir?« rief sie.

Sie schlief ab und zu mit ihm, aber es war meistens unvorhersagbar. Sie machte alles, was ihre Mutter nicht gemacht hatte, aber sie wollte einmal so leben, wie ihre Mutter lebte, in derselben Wohnung, in denselben tiefen Sesseln. Weihnachten und die Umschläge für die Portiers, das Schneetreiben vor den Fenstergiebeln, ihre Kinder, die aus der Schule nach Hause kamen. Sie liebte ihren Vater. Sie fuhr mit ihm nach Hawaii und schickte Ansichtskarten, darauf standen zwei oder drei höhnische Zeilen in einer riesigen, hingekritzelten Handschrift.

Es war Sommer.

»Ist jemand da?« rief Frank.

Er klopfte laut an die Tür, die nur angelehnt war. Er trug sein Jackett über der Schulter, es war heiß.

»In Ordnung«, sagte er mit lauter Stimme, »kommt mit erhobenen Händen raus. Alan, du deckst mich.«

Die Party war anscheinend schon vorbei. Er schob die Tür auf. Eine Lampe brannte, das Zimmer war dunkel.

»Hey, Bren, sind wir zu spät dran?« rief er. Sie erschien wie ein Gespenst im Flur, mit bloßen Beinen, aber in hohen Hacken. »Wir wären früher gekommen, aber wir haben gearbeitet. Wir sind da nicht früher rausgekommen. Wo sind all die Leute? Wo ist was zu essen? Heh, Alan, wir sind zu spät gekommen. Hier gibt's nichts zu essen, gar nichts.« Sie lehnte in der Tür.

»Wir haben versucht, hier runterzukommen«, sagte Alan. »Wir konnten kein Taxi kriegen.«

Frank hatte sich auf die Couch fallen lassen. »Bren, sei nicht böse«, sagte er. »Wir haben gearbeitet, das ist wirklich wahr. Ich hätte dich anrufen sollen. Kannst du nicht etwas Musik auflegen oder so was? Gibt's was zu trinken?«

»Das ist noch ein kleiner Rest Wodka«, sagte sie schließlich.

»Eis?«

»Ungefähr zwei Würfel.« Sie stieß sich ohne viel Begeisterung von der Wand ab. Er sah zu, wie sie in die Küche ging, und hörte, daß sie die Kühlschranktür öffnete.

»Also, was meinst du, Alan?« sagte er. »Was willst du machen?«

»Ich?«

»Wo ist Louise?« rief Frank.

»Im Bett«, sagte Brenda.

»Ist sie wirklich schon nach Hause gegangen?«

»Sie muß morgen arbeiten.«

»Alan auch.«

Brenda kam mit den Drinks aus der Küche.

»Tut mir leid, daß wir so spät gekommen sind«, sagte er. Er sah ins Glas. »War es eine gute Party?« Er rührte mit dem Finger um. »Ist das das Eis?«

»Sie haben Jane Harrah gefeuert«, sagte Brenda.

»Ach Gott! Wer ist Jane Harrah?«

»Sie macht die großen Kampagnen. Ross will, daß ich das jetzt übernehme.«

»Phantastisch.«

»Ich weiß nicht, ob ich das will«, sagte sie langsam.

»Warum nicht?«

»Sie hat mit ihm geschlafen.«

»Und er hat sie gefeuert?«

»Spricht nicht für ihn, nicht?«

»Spricht auch nicht für sie.«

»Das kann nur ein Mann sagen. Gott!«

»Wie sieht sie aus? Sieht sie so aus wie Louise?«

Das Lächeln der Dreizehnjährigen ging über Brendas Gesicht. »Niemand sieht so aus wie Louise«, sagte sie. Sie dehnte den Namen der Frau, von deren Beinen Alan träumte.

»Jane hat dünne Lippen.«

»Ist das alles?«

»Frauen mit dünnen Lippen sind immer kalt.«

»Laß mal deine sehen«, sagte er.

»Geh zum Teufel.«

»Deine sind nicht dünn. Alan, ihre sind nicht dünn, oder? Hey, Brenda, versteck sie nicht.«

»Wo wart ihr? Ihr habt gar nicht gearbeitet.«

Er zog sie an der Hand zu sich herunter. »Komm, laß sie in Ruhe«, sagte er. »Die sind nicht dünn, die sind schön. Ich hab sie mir nur noch nie richtig angeguckt.« Er lehnte sich zurück. »Alan, wie geht's? Bist du müde?«

»Ich hab nachgedacht. Wie sich die Stadt verändert hat«, sagte Alan.

»In fünf Jahren?«

»Ich bin schon fast sechs Jahre hier.«

»Sicher ändert die sich. Die anderen kommen runter, wir sind auf dem Weg nach oben.«

Alan dachte an die verschwundene Louise, die ihm nur die holprige Fahrt nach Hause durch endlose Straßen gelassen hatte. »Ich weiß.«

In dem Jahr saßen sie im Dampfbad auf feuchten Handtüchern, atmeten Eukalyptus ein und redeten über Hardmann Roe. Wie Champions traten sie unter die Dusche. Ihr Fleisch war noch fest. Ihre Schenkel waren jung und kräftig.

Hardmann Roe war eine kleine pharmazeutische Firma in Connecticut, die sich ein wenig abseits der gewohnten Wege begeben hatte und einen großen Konzern wegen Verstoßes gegen ein obskures Patent verklagt hatte. Es war ein hochkomplizierter Fall mit wenig Aussicht auf Erfolg. Die Anwälte der Gegenseite hatten eine ganze Barrikade von Anträgen und Aufschubsgründen aufgebaut, und der Fall war langsam nach unten durchgereicht worden, bis zu ihnen beiden, deren Büros neben den Kopiermaschinen lagen. Sie hatten Zeit für so was, sie konnten darüber im zischenden Dampf nachdenken. Niemand sonst wollte den Fall, und das machte ihn auch wieder interessant.

Also gingen sie an die Arbeit. Sie waren wieder Studenten, saßen in Polohemden mit den Füßen auf dem Schreibtisch da und warfen sich hoffnungslose Ideen zu. Sie verbrachten ihre Abende in der Bibliothek, bis die Buchstaben vor ihren Augen verschwammen.

Sie blieben während der Ferien im Büro und auch an Wochenenden, manchmal schliefen sie dort und machten sich Kaffee, lange bevor sonst jemand zur Arbeit kam. Nach einem späten Abendessen redeten sie immer noch über den Fall, seine Komplikationen, wo bestimmte Details hingehörten, die Abfolge von Briefen, Artikel in Zeitschriften, Konferenzen, die Bedeutung dieser Dinge und ihre Grenzen.

Brenda traf einen gutaussehenden Holländer, der für eine Bank arbeitete. Alan traf Hopie. Immer noch war da dieser endlose Dschungel ihres Falles, dessen Stämme und Lianen kein Licht einließen, die Wurzeln, auf die weit entfernt liegende Dinge zurückgingen. Monat um Monat drangen sie tiefer in ihn ein, und gleichzeitig schwand jede Gewißheit, wo sie sich befanden oder wo sie schließlich ankommen würden. Sie waren wie alte Partner geworden, deren Existenz immer weniger Leuten bewußt war, sie bekamen weniger Anrufe, sie wurden kaum noch zu Konsultationen hinzugezogen, es war, als ob ihr Leben zu einem einzigen Lunch geworden wäre. Es sprach sich herum, daß sie von diesem Fall geschluckt worden waren und kaum noch etwas anderes kannten. Aber auch das Gegenteil war richtig – niemand sonst wußte um die Details der Sache. Drei Jahre waren vergangen. Die Dauer allein machte den Fall bedeutend. Der Ruf der Kanzlei, so hieß es zumindest ironisch, hing von ihnen ab. Zwei Monate vor dem Verhandlungstermin kündigten sie bei Weyland, Braun. Frank setzte sich zum Sonntagsessen bei seinen Eltern an den glänzend polierten Tisch. Sein Vater galt als einer der besten Anwälte in der Stadt. Es gibt diesen Typ des Anwalts, dem man vertraut und der ein Freund wird.

»Was ist denn passiert?« wollte er wissen.

»Wir gründen unsere eigene Kanzlei«, sagte Frank.

»Was ist mit dem Fall, an dem ihr sitzt? Ihr könnt sie doch nicht mit einer Sache im Stich lassen, die ihr jahrelang vorbereitet habt.«

»Tun wir auch nicht. Wir nehmen den Fall mit«, sagte Frank.

Es entstand ein Augenblick schrecklicher Stille.

»Du nimmst ihn mit? Das kannst du nicht. Du bist auf einer der besten Universitäten gewesen, Frank. Sie werden dich verklagen. Du ruinierst dich.«

»Daran haben wir gedacht.«

»Hör auf mich«, sagte sein Vater.

Alle sagten das, seine Mutter, sein Onkel Cook, Freunde. Es war schlimmer, als sich zu ruinieren, es war unehrenhaft. Das sagte sein Vater. Der Fall Hardmann Roe kam, wie sich herausstellte, nie vor Gericht. Sechs Wochen später gab es eine außergerichtliche Einigung. Es waren achtunddreißig Millionen Dollar, ein Drittel davon ihr Honorar.

Sein Vater hatte sich getäuscht, was kaum zu erhoffen gewesen war. Weyland, Braun klagte nicht. Das wurde auch außergerichtlich bereinigt. Statt des Ruins gab es ein neues Büro mit Blick auf den Bryant Park, der von oben wie ein Garten hinter einem dunklen Chateau wirkte. Junge Klienten kamen, sie gingen in die Oper, aßen in Apartments von geschiedenen Frauen zu Abend, Apartments mit Bücherwänden und großen gefliesten Küchen, die den Frauen in der Scheidungsvereinbarung zugesprochen worden waren. In der Stadt gab es, wie er einmal gesagt hatte, eine Trennungslinie zwischen denen, die auf dem Weg nach oben waren, und denen, die herunterkamen, jenen in überfüllten Restaurants und denen auf der Straße, jenen, die warteten, und denen, die das nicht taten, solchen mit drei Schlössern an den Türen und solchen, die in Aufzügen aus Lobbys mit silbernen Spiegeln und Walnußtäfelung zu ihren Apartments hinaufschwebten. Und dann gab es noch die wie Mrs. Christie, die sich in einem mittleren Status aufhielt, aber sehr selbstsicher wirkte. Sie wollte ihren Scheidungsvertrag mit ihrem früheren Mann neuverhandeln. Frank hatte die Papiere durchgesehen. »Was meinen Sie?« fragte sie geradeheraus.

»Ich meine, es wär einfacher für Sie, wieder zu heiraten.«
Sie war noch in ihrem Pelzmantel, man sah das dunkle Futter. Sie stieß ungläubig den Atem aus. »So einfach ist das nicht«, sagte sie.

Er konnte sich nicht vorstellen, wie das war, sagte sie. Vor einiger Zeit war sie jemandem vorgestellt worden. Ein Paar, das sie gut kannte, hatte das arrangiert. »Wir gehen mal zusammen zu ihm zum Essen«, hatten sie gesagt, »du wirst ihn mögen, du bist wie geschaffen für ihn, er redet gerne über Bücher.«

An dem Abend, als sie sich trafen, gingen die Frauen nach einer Weile in die Küche und bereiteten das Essen vor. Wie fand sie ihn? Sie konnte das nach so kurzer Zeit nicht sagen, aber sie mochte ihn, seinen schönen kahlen Schädel, seine Kleidung. Sie hatte schon überlegt, wie sie das Apartment verändern würde, es war zuviel Blau darin. Der Mann – Warren hieß er – war den ganzen Abend ziemlich still. Er hatte seinen Job verloren, erklärte ihre Freundin in der Küche. Geld war kein Problem, aber er war deprimiert. »Es war ein Schock für ihn«, sagte sie. »Er mag dich.« Und tatsächlich fragte er sie, ob sie sich wiedersehen könnten.

»Warum kommen Sie nicht morgen zum Tee vorbei?« sagte er.

Am nächsten Tag ging sie mit einer ganzen Tasche voller Bücher um vier Uhr zu ihm. Sie hatten mindestens hundert Dollar gekostet, und sie wollte sie ihm schenken. Er war im Pyjama. Tee gab es nicht. Er schien sich kaum daran zu erinnern, wer sie war oder warum sie da war. Sie sagte, ihr sei plötzlich eingefallen, daß sie jemanden treffen müsse, und ging. Die Bücher ließ sie da. Als sie mit dem Lift hinunterfuhr, war ihr plötzlich schlecht.

»Na ja«, sagte Frank. »Vielleicht haben wir eine Chance,

den Vertrag annullieren zu lassen, Mrs. Christie, aber das würde erst mal eine Menge Geld kosten.«

»Ich verstehe«, sagte sie mit leiser Stimme. »Könnten Sie das nicht für einen Prozentsatz machen, wenn wir gewinnen?«

»In so einem Fall leider nicht«, sagte er.

Es dämmerte schon. Er bot ihr etwas zu trinken an. Sie schob die Lippen nachdenklich gegeneinander. »Was soll ich denn jetzt machen?«

Ihr Leben war voller Enttäuschungen, sagte sie ihm und sah in ihr Glas, meistens weil sie sich in die falschen Männer verliebte. Einmal war sie mit einem älteren Mann ausgegangen, nur weil der einen weißen Anzug trug. Das war in Nashville, woher sie kam. Sie hatte George Christie das Jawort gegeben, als sie vor der Küste von Maine segelten. »Ich weiß nicht, wie ich an Geld kommen soll«, sagte sie.

Sie blickte auf. Sie sah, daß er sie anguckte, ohne Hast. Die Lichter in den Gebäuden um den Park gingen an, die Scheinwerfer der nach Hause fahrenden Wagen auf den Straßen. Sie redeten, während der Abend kam. Sie gingen zusammen essen.

Zu Weihnachten dieses Jahres trennten sich Alan und seine Frau. »Das kann nicht dein Ernst sein«, sagte Frank. Er war in eine neue Wohnung mit dicken Handtüchern und schönen Teppichen gezogen. Im Foyer stand eine Biedermeierkommode in den Farben schwarz, ocker und gold. Auf der anderen Straßenseite befand sich eine Privatschule.

Alan starrte aus dem Fenster, von dem eine Kälte ausging wie von einer Schiffswand. »Ich weiß nicht, was ich machen soll«, sagte er verzweifelt. »Ich will keine Scheidung. Ich will meine Tochter nicht verlieren.« Sie hieß Camille. Sie war zwei Jahre alt.

»Das kann ich dir nachfühlen«, sagte Frank.

»Wenn du Kinder hättest, wüßtest du, wie das ist.«

»Hast du das hier gesehen?« fragte Frank. Er hatte die Universitätszeitung in der Hand. Es war der fünfzehnte Jahrestag ihres Examens. »Erkennst du noch jemand von den Typen?« Fünf Angehörige ihres Jahrgangs waren aufgrund besonderer Leistungen hervorgehoben. Alan erkannte zwei oder drei von ihnen. »Cummings«, sagte er. »Der war eine Null – in den Congress gewählt. O Gott, ich weiß einfach nicht, was ich machen soll.«

»Überlaß ihr nicht die Wohnung«, sagte Frank.

Das war natürlich nicht so einfach. Es war leicht, wenn es um jemand anderen ging. Nan Christie wollte heiraten. Eines Abends brachte sie das Gespräch darauf.

»Ich glaube nicht«, sagte er schließlich.

»Du liebst mich doch, oder?«

»Es ist nicht der richtige Moment, mich das zu fragen.«

Sie lagen schweigend da. Sie starrte auf irgend etwas an der gegenüberliegenden Wand. Es machte ihn unruhig. »Es würde nicht funktionieren. Das ist die Anziehung der Gegensätze«, sagte er.

»So gegensätzlich sind wir nicht.«

»Ich mein nicht nur dich und mich. Frauen verlieben sich, wenn sie einen kennenlernen. Männer sind das Gegenteil. Wenn sie dich schließlich kennen, sind sie schon wieder so weit zu verschwinden.«

Sie stand auf, ohne etwas zu sagen, und begann, ihre Kleider zu suchen und sich anzuziehen. Er sah ihr schweigend zu. Es interessierte ihn nicht. Das Komische war, daß er gar nicht vorgehabt hatte, sich von ihr zu trennen.

»Ich ruf dir ein Taxi«, sagte er.

»Ich dachte immer, du wärst intelligent«, sagte sie halb zu sich selbst.

Müde suchte er nach der Nummer.

»Ich will kein Taxi. Ich geh zu Fuß.«

»Durch den Park?«

»Ja.« Sie sah sich selbst wie in einer Momentaufnahme in der Zeitung von morgen. An der Tür blieb sie einen Augenblick stehen. »Adieu«, sagte sie kühl.

Sie schrieb ihm einen Brief, den er mehrere Male las. *Keine Liebe, die ich kannte, hat mich so berührt wie Du. Von allen Männern hat keiner mir mehr gegeben.* Er zeigte ihn Alan, der nichts dazu sagte.

»Laß uns was trinken gehen«, sagte Frank.

Sie gingen die Lexington Avenue hinauf. Frank wirkte sorglos, der Schal um den Hals, der offene Mantel, das dünner werdende Haar. »Na ja, du weißt schon ...«, sagte er schließlich.

Sie gingen in eine Bar, *Jack's*.

Das Licht spiegelte sich in dem dunklen Holz und glänzte auf den Gläserreihen in schmalen Regalen. Der junge Barmann stand mit den Händen auf den Rand der Bar gestützt da.

»Wie geht's euch denn?« fragte er lächelnd. »Schön, euch mal wiederzusehen.«

»Kennen wir uns?« fragte Frank.

»Sie kommen mir bekannt vor«, lächelte der Barmann.

»Ach ja? Wie heißt der Laden überhaupt? Erinner mich daran, nicht wieder hier reinzukommen.«

Mehrere Leute standen an der Bar. Der neben Frank sah mit großer Konzentration zur Seite. Nach einer Weile kam der Manager herüber. Er war aus einem mit einem braunen Vorhang abgeteilten Hinterzimmer aufgetaucht. »Irgendwas nicht in Ordnung, Sir?« fragte er höflich.

Frank sah ihn an. »Nein«, sagte er. »Alles bestens.«

»Wir haben einen harten Tag hinter uns«, erklärte Alan. »Wir wollen nur ein bißchen abschalten.«

»Sie können bei uns auch essen, oben«, sagte der Manager. Hinter ihm wand sich eine Eisentreppe an gerahmten Hundezeichnungen vorbei – sie sahen nach Windhunden aus. »Wir haben von sechs bis elf jeden Abend warme Küche.«

»Ganz bestimmt haben Sie das«, sagte Frank. »Hören Sie, Ihr Barmann kennt mich überhaupt nicht.«

»Das war ein Fehler«, sagte der Manager.

»Er kennt mich nicht, und er wird mich nie kennen.«

»Es ist nichts, es ist gar nichts«, sagte Alan mit beiden Händen abwinkend.

Sie setzten sich an einen Tisch am Fenster. »Ich kann diese arbeitslosen Schauspieler nicht ausstehen, die denken, daß sie mit jedem dick befreundet sind«, sagte Frank.

Beim Essen redeten sie über Nan Christie. Alan dachte an ihre Seidenkleider, an ihre Liebe zu Frank. Das Problem, sagte er nach einer Weile, liege darin, daß er nie diese Art Frau treffe, solche Frauen, wie sie manchmal draußen an *Jack's* vorbeigingen. Die Frauen, die er traf, waren zu menschlich, klagte er. Seit seiner Trennung habe er versucht, die richtige zu finden.

»Das kann doch nicht so schwer sein«, sagte Frank. »Die suchen doch alle jemanden wie dich.«

»Die suchen jemanden wie dich.«

»Das glauben sie nur.«

Frank bezahlte die Rechnung, ohne sie anzusehen. »Wenn man erstmal verheiratet gewesen ist«, erklärte Alan, »will man wieder verheiratet sein.«

»Ich traue keiner genug, um zu heiraten«, sagte Frank.

»Was willst du denn dann?«

»So wie es ist, ist es schon in Ordnung«, sagte Frank.

Etwas fehlte in ihm, und Frauen hatten immer alles getan, um herauszufinden, was es war. Und das würden sie auch weiter tun. Vielleicht war es einfacher, dachte Alan. Vielleicht fehlte gar nichts.

Das Auto, ein großer Renault, ein Tourenwagen, bremste und fuhr an den Rand der *autostrada*. Brenda schlief auf dem Rücksitz, ihr Mund stand ein wenig offen, und das Tageslicht lag auf ihren Wangenknochen. Sie waren in der Nähe von Como, sie hatten gerade die Grenze überquert, die Grenzpolizisten hatten zu ihr hineingeschaut.

»Komm, Bren, wach auf«, sagten sie. »Wir trinken einen Kaffee.«

Sie kam mit gekämmten Haaren und frischem Lippenstift aus der Toilette zurück. Der Junge in der weißen Jacke hinter der Theke spülte Löffel ab.

»Heh, Brenda, wie heißt es noch, *espresso* oder *expresso?*« fragte Frank.

»*Espresso*«, sagte sie.

»Woher weißt du das?«

»Ich komm aus New York«, sagte sie.

»Stimmt«, erinnerte er sich. »Die Italiener haben kein *x*, nicht?«

»Ein *j* haben sie auch nicht«, sagte Alan.

»Wieso eigentlich?«

»Das sind so nachlässige Leute«, sagte Brenda. »Sie haben sie einfach verloren.«

Es war wie in alten Zeiten. Sie hatte sich von Doop oder Boos, oder wie er hieß, scheiden lassen. Ihre beiden kleinen Töchter waren bei ihrer Mutter. Sie hatte noch immer das dünne Lächeln.

In Paris hatte Frank sie ins *Crazy Horse* geführt. In samtschwarzer Dunkelheit hatte die Musik eingesetzt, und dann hatten sechs Mädchen im strahlenden Licht die Beine hochgeworfen. Sie trugen hohe Hacken und ein paar Strapse. Die unsterbliche Nacktheit. Er lehnte in der Dunkelheit auf einem Ellbogen. Er blickte zu Brenda hinüber. »Du bist immer noch am Studieren, was?« sagte sie.

Sie waren auf drei Wochen in Europa. Frank wußte es noch nicht genau, vielleicht würden sie länger dableiben, ein Haus im Süden Frankreichs mieten oder so etwas. Ihre Klienten mußten es mal eine Weile ohne sie aushalten. Es kommt die Zeit, sagte er, da muß man einfach mal raus.

Sie aßen zusammen Frühstück in Hotels, begleitet vom Klang der Meißel von Männern, die draußen am Stein eines Brunnens arbeiteten. Sie hörten der wütenden Frau zu, die in der Küche herumschrie, fuhren in kleine Städte und tranken jeden Abend. Sie hatten getrennte Zimmer, wie Kabinen, sie waren wie Passagiere auf einem verblichenen Schiff.

Gegen Mittag bewegte sich das Licht über die Biegung der Fassaden, und in der Ferne gingen Leute spazieren. Eine Welle von Tauben erhob sich vor einem dahintrottenden Hund. Der Mann am Tisch vor ihnen hatte ein Fernglas und sah mal hierhin, mal dorthin. Zwei schwedische Mädchen schlenderten vorbei.

»Jetzt werden sie dunkel«, sagte der Mann.

»Was wird dunkel?« fragte seine Frau.

»Die Tauben.«

»Alan«, sagte Frank leise.

»Was?«

»Die Tauben werden dunkel.«

»Das ist ja furchtbar.«

Einen Augenblick herrschte Schweigen.

»Warum fotografierst du sie nicht einfach?« sagte die Frau.

»Fotografieren? Wen?«

»Die Frauen da. Du guckst sie so oft an.«

Er ließ das Fernglas sinken.

»Weißt du, diese Biegung ist so schön«, sagte sie. »Das macht den Platz so perfekt.«

»Ist das Wetter nicht herrlich?« sagte Frank im selben Tonfall.

»Und die Tauben«, sagte Alan.

»Die Tauben auch.«

Nach einer Weile stand das Paar auf und ging. Die Tauben stoben vor einem laufenden Kind auf und sirrten über sie hinweg. »Immer noch dieselben Spiele, wie ich sehe«, sagte Brenda. Frank lächelte.

»Wir sollten uns in New York öfter mal treffen«, sagte sie an dem Abend. Sie warteten darauf, daß Alan herunterkam. Sie griff über den Tisch, um eine Illustrierte aufzunehmen. »Du kennst meine Kinder gar nicht, oder?« sagte sie.

»Nein.«

»Sie sind wundervoll.« Sie blätterte die Seiten durch, ohne richtig hinzusehen. Ihre Unterarme waren braun. Sie trug keinen Ehering mehr. Der erste Akt war vorbei, oder besser die ersten fünf Minuten. Jetzt begann die Handlung. »Erinnerst du dich noch an die Abende bei *Goldie's*?« sagte sie.

»Damals war alles anders, nicht?«

»So anders eigentlich nicht.«

»Wie meinst du das?«

Sie wackelte mit ihrem nackten Ringfinger in der Luft und sah ihn an. In dem Moment tauchte Alan auf. Er setzte sich und guckte erst sie, dann ihn an. »Was ist los?« fragte er. »Hab ich was unterbrochen?«

Als der Tag ihrer Rückreise näherrückte, schlug sie vor, daß die beiden sie nach Rom brachten. Sie konnten doch dort ein, zwei Tage verbringen, und sie würde dann in ihr Flugzeug steigen. Das war nicht ihre Richtung, sagte Frank.

»Es ist nur eine Drei-Stunden-Fahrt.«

»Ich weiß, aber wir wollen nach Norden«, sagte er.

»Gott noch mal, ihr könnt mich doch dahin bringen, oder?«

»Ja, das können wir doch tun«, sagte Alan.

»Du kannst das ja machen. Ich bleib hier.«

»Du hättest Politiker werden sollen«, sagte Brenda. »Du bist wirklich begabt.«

Als sie fort war, veränderte sich die Atmosphäre. Sie waren allein. Sie fuhren durch das schläfrige Land nach Norden. Das grüne Wasser klatschte an die Steinmauern, als die Dunkelheit auf Venedig fiel. Die Lichter in den *palazzos* waren an. Hinter den Vorhängen des oberen Stockwerks bewegten sich Frauengestalten.

In *Harry's Bar* hob Frank ein beschlagenes, eiskaltes Glas und murmelte den alten Spruch seines Vaters: »Gute Nacht, Schwester.« Er unterhielt sich mit Leuten vom Nachbartisch, einem Deutschen, der ein Hotel in Düsseldorf leitete, und seiner Freundin. Sie hatte ihn angesehen. »Wollen Sie mal probieren?« fragte er. Es war sein zweiter. Sie trank, während sie ihn unverwandt ansah. »Sie haben ihn ja ganz ausgetrunken«, sagte er.

»Ja, das ist meine Art.«

Er lächelte. Wenn er trank, war er seltsam ruhig. Einmal in Lugano in einem Park hatte sich ein Vogel auf seinem Schuh niedergelassen.

Am Morgen lagen die Gebäude der Giudecca in ihren weichen Farben auf der anderen Seite des Kanals, der breit wie ein Fluß war. Sie wirkten wie eine große gesunkene Barke mit Dächern und den Kronen versteckter Bäume. Die ersten Herbstwinde bliesen und störten das Wasser auf.

Frank fuhr, als sie Venedig verließen. Er konnte nicht in einem Auto sitzen, wenn er nicht selbst fuhr. Alan lehnte sich zurück und sah aus dem Fenster, das Sonnenlicht fiel auf die uralten Hügel. Europäische Tage, die Stille, die Tachonadel schwebte über der einhundert.

In Padua wachte Alan früh auf. Die Stände auf dem Markt wurden aufgebaut. Es war noch vor Sonnenaufgang und kühl. Ein Mann legte Bretter auf dem Gehsteig aus, acht jeweils zu einer Plattform, um Getreidesäcke daraufzusetzen. Er trug eine Anzugjacke. Nachdem er im Lastwagen herumgesucht hatte, kam er mit ein paar Keilen zurück, um die Bretter auszugleichen. Mit dem Fuß überprüfte er ihre Festigkeit.

Der Himmel wurde violett. Unter der Kolonnade hatten die Fleischer Hühner und Hähne aufgehängt, die gespornten Beine zusammengebunden. Zwei Männer rupften Artischocken. Der blaue Wagen der *carabiniere* rollte gemächlich vorbei. Die großen Tüten mit Reis und Trockenbohnen wurden auf die Tische gesetzt, der obere Teil zurückgerollt wie Manschetten. Ein Mädchen in einer Kostümjacke und mit einem um den Kopf gebundenen Schal rief:»Signore«, und dann herausfordernd:»Dica!« Er sah die Welt neu, ihr Pflaster und ihre Architektur, die Namen, die tausend Jahre gehalten hatten. Ihm schien, als werde sein Leben klarer, als sinke das Sediment herab. Auf der anderen Straßenseite legte ein Mädchen Dinge im Fenster eines Juweliers aus. Sie trug weiße Handschuhe und arrangierte die Stücke mit großer Sorgfalt. Sie blickte zu ihm auf, während er dastand und sie beobachtete. Einen Moment trafen sich ihre Augen, nur durch das Glas getrennt. Sie hielt eine Lapislazuli-Kette in der Hand, blau wie der Polizeiwagen. Ermutigt formte er die Worte: *Quanto costa? Tre cento settante mille*, sagten ihre Lippen. Es war acht Uhr, als er ins Hotel zurückkehrte. Ein Taxi kam heran und hielt vor dem

Eingang, der Lärm des Motors erfüllte die enge Gasse. Eine Frau in Abendgaderobe stieg aus und ging hinein.

Die Tage vergingen. In Verona traten zuerst die Kirchtürme und dann die Kuppeln aus dem Dunst. Die Kellner in ihren weißen Jacken tauchten aus der Küche auf. *Primi, secondi, dolce.* Sie übernachteten in Arezzo. Frank kam mit ein paar Ansichtskarten zum Tisch zurück. Alan hatte versucht, seiner Tochter einmal die Woche zu schreiben. Er wußte nie, was er ihr erzählen sollte: wo sie waren und was sie gesehen hatten. Giotto – was konnte sie damit anfangen?

Sie saßen im Wagen. Frank trug ein weiches Tweedjackett. Es war wie Kaschmir – er hatte in Missoni und überall eingekauft, Anoraks, Schuhe. Schulmädchen in dunklen Röcken kamen durch einen Torbogen auf der anderen Straßenseite. Etwas später kam ein einzelnes Mädchen und blieb stehen, als wartete es auf jemanden. Alan war in die Karte vertieft. Er spürte, daß der Motor ansprang. Sehr langsam bewegten sie sich vorwärts. Das Fenster glitt herunter.

»*Scusi, signorina*«, hörte er Frank sagen.

Sie wandte sich um. Sie hatte klare Züge, und ihr Gesicht war ausdruckslos, als hätte ein Vogel sich umgedreht, um sie anzusehen, ein Vogel, der jeden Moment wegfliegen konnte.

Wo ging es zum *centro*, fragte Frank, zum Stadtzentrum? Sie blickte in die eine Richtung, dann die andere. »Da«, sagte sie.

»Sicher?« sagte er. Er wandte den Kopf ohne Hast in die Richtung, die sie ihm wies.

»*Si*«, sagte sie.

Sie wollten nach Siena, sagte Frank. Sie schwieg. Wußte sie, welche Straße nach Siena führte?

Sie deutete in die andere Richtung.

»Alan, wollen wir ein bißchen mit ihr rumfahren?« fragte er.

»Wovon redest du?«

Zwei Männer in weißen Ärztekitteln arbeiteten an den Holzflügeln des Kirchenportals. Sie standen auf einem kleinen Gerüst. Frank griff nach hinten und öffnete die Tür.

»Hast du Lust, ein bißchen rumzufahren?« fragte er. Er machte eine kreisförmige Bewegung mit dem Finger.

Sie fuhren schweigend durch die Straßen. Das Radio spielte. Niemand sagte etwas. Frank sah sie ein- oder zweimal im Rückspiegel an. Es war zu der Zeit, als in Polen ein Priester umgebracht wurde, ein Mord, der überall Schlagzeilen machte. Die Abenddämmerung kam. Die Lichter in den Ladenfenstern gingen an, und die Abendzeitungen tauchten an den Kiosken auf. Die Leiche des ermordeten Mannes lag in einem langen offenen Sarg, der *Corriere Della Sera* brachte das Bild oben rechts auf der Titelseite. Er trug einen sauberen Anzug wie ein Arbeiter nach einem schrecklichen Unfall.

»Möchtest du einen *aperitivo*?« fragte Frank über seine Schulter hinweg.

»Nein«, sagte sie.

Sie fuhren zur Kirche zurück. Er stieg aus und blieb ein paar Minuten mit ihr stehen. Seine Haare waren sehr dünn geworden, stellte Alan fest. Merkwürdigerweise wirkte er dadurch jünger. Sie standen da und redeten, dann drehte sie sich um und ging die Straße hinunter.

»Was hast du ihr gesagt?« fragte Alan. Er war nervös.

»Ich hab sie gefragt, ob sie ein Taxi wollte.«

»Du bringst uns in Schwierigkeiten.«

»Es wird keine Schwierigkeiten geben«, sagte Frank.

Er hatte ein Eckzimmer. Es war groß, und es hatte eine Couch und Sessel bei den Fenstern. Auf dem Holzfußboden lagen zwei abgetragene Orientteppiche. In einem Glaskabinett im Bad hatte er seine Flaschen mit Rasierwasser und Eau

de Cologne, seine Haarbürste. Die Handtücher waren blaß-
grün mit dem Namenszug des Hotels in Weiß. Sie sah das alles nicht an. Er hatte dem *portiere* vierzigtausend Lire gegeben. In Italien waren die Gesetze streng. Es war fast zur
selben Stunde am Nachmittag. Er kniete sich nieder, um ihr
die Schuhe auszuziehen.

Er hatte die Vorhänge zugezogen, aber an ihren Rändern
kam Licht herein. An einem Punkt schien sie zu zittern, ihr
Körper erbebte. »Ist dir nicht gut?« sagte er.

Sie hatte die Augen geschlossen.

Später, als er aufgestanden war, sah er sich selbst im Spiegel. Er
schien um die Taille herum dicker geworden zu sein. Er wandte
sich um, damit es nicht so sichtbar war. Er legte sich wieder zu
ihr ins Bett, war aber zu hastig. »*Basta*«, sagte sie schließlich.

Später gingen sie hinunter und trafen Alan in einem Café.
Es fiel ihm schwer, sie anzusehen. Er begann, albernes Zeug
zu reden. Was lernte sie in der Schule, fragte er. Gott noch
mal, sagte Frank. Na dann, was machte ihr Vater? Sie verstand das nicht.

»Was für eine Arbeit hat er?«

»Möbel«, sagte sie.

»Verkauft er Möbel?«

»*Restauro.*«

»In unserem Land kein *restauro*«, erklärte Alan. Er machte
eine Handbewegung. »Wegwerfen.«

»Ich muß wieder anfangen zu laufen«, sagte Frank.

Der nächste Tag war ein Sonnabend. Er ließ den *portiere* bei
ihr anrufen, und als sie dran war, nahm er den Hörer.

»Hallo, Eda? Frank.«

»Ich weiß.«

»Was machst du?«

Er verstand ihre Antwort nicht.

»Wir fahren nach Florenz. Willst du mit nach Florenz?« sagte
er. Sie war still. »Warum kommst du nicht ein paar Tage
mit?«

»Nein«, sagte sie.

»Warum nicht?«

Mit leiserer Stimme sagte sie: »Wie soll ich erklären?«

»Du kannst dir doch was ausdenken.«

An einem Tisch auf der anderen Seite des Raums spielten
Kinder Karten. Drei gutgekleidete Frauen, ihre Mütter, saßen
in der Nähe und unterhielten sich. Mit aufgeregten Schreien
warfen die Kinder die Karten auf den Tisch.

»Eda?«

Sie war noch da. »*Si*«, sagte sie.

In den Hügeln verbrannten die Bauern Laub. Der Rauch war
unsichtbar, aber sie konnten ihn riechen, als sie hindurch-
fuhren, es war wie der Geruch eines Restaurants oder einer
Papiermühle. Es erinnerte Frank an seine Kindheit, an Land-
häuser, daran, wie er vor langer Zeit mit seinem Vater zusammen die Blätter vom Rasen geharkt hatte. Auf den grünen
Schildern tauchte Firenze auf. Es fing an zu regnen. Die
Wischer glitten lautlos über das Glas. Alles war schön und
gedämpft.

Sie aßen in einem einfachen Restaurant zu Abend, der Speisesaal war weißgekalkt wie Gewölbe in einem Keller. Sie sah sehr
jung aus. Sie wirkte wie ein junger Hund, so rein war das Weiß
ihrer Augen. Sie sagte wenig und spielte mit einem Streifen
rosa Papier, der sich von der Speisekarte gelöst hatte.

Am Morgen gingen sie ziellos spazieren. In den Schaufenstern lagen Dinge für ältere Frauen aus, für mindestens Drei-
ßigjährige, Seidenkleider, Halsketten, Schals. Bei Fendi's gab
es einen schönen Mantel, der Preis stand in kleinen Metall-
lettern darunter.

»Gefällt er dir?« fragte er. »Komm, ich kaufe ihn dir.«

Er wollte den Mantel im Fenster sehen, sagte er drinnen.

»Für die *signorina?*«

»Ja.«

Sie schien das nicht zu verstehen. Ihr Gesicht wirkte in dem Pelz wie verloren. Er berührte ihre Wange damit.

»Ist dir klar, was der kostet?« sagte Alan. »Vier Millionen fünfhunderttausend.«

»Gefällt er dir?« fragte Frank sie.

Sie trug ihn unablässig. Sie guckte sich darin die Fußballspiele im Fernsehen an, die Beine unter sich zusammengezogen. Das Zimmer war unaufgeräumt, sie waren den ganzen Tag nicht draußen gewesen.

»Was meinst du, wollen wir nicht weiter?« fragte Alan unerwartet. Die Reporter schrien auf italienisch herum. »Ich würde mir Spoleto gerne angucken.«

»Sicher. Wo ist das?« sagte Frank. Seine Hand lag auf ihrem Knie und streichelte es mit einer fast unmerklichen Bewegung, so wie man eine dösende Katze streichelte.

Die Landschaft war flach und nebelverhangen. Sie ließen die Vergangenheit hinter sich, unabgewaschene Gläser, Handtücher auf dem Badezimmerfußboden. Er hatte einen Fleck auf dem Jackettrevers, stellte Frank im Speisesaal fest. Er versuchte, ihn wegzubekommen, während der Oberkellner frischen Parmesan über jeden Teller streute. Er befeuchtete die Ecke seiner Serviette mit Wasser und rieb auf dem Fleck herum. Der Tisch stand in der Nähe des Eingangs, er war vom Empfang aus zu sehen. Eda setzte sich einen Ohrring ein.

»Leg doch die Serviette drüber«, sagte Alan.

»Hier, mach das bitte mal weg?« bat er Eda.

Sie kratzte es schnell mit dem Fingernagel ab.

»Was soll ich bloß ohne sie machen?« sagte Frank.

»Wie meinst du das, ohne sie?«

»Das ist also Spoleto«, sagte Frank. Der Fleck war verschwunden. »Laß uns noch etwas Wein bestellen.« Er rief den Kellner. »*Senta*. Sag's ihm«, sagte er zu Eda.

Sie lachten und redeten über alte Zeiten, die Tage, als sie achthundert Dollar die Woche verdienten und zehn, zwölf Stunden am Tag arbeiteten. Sie erinnerten sich an Weyland und die Adern auf seiner Nase. Das Wort, das er immer benutzte, war »lebhaft«, eine etwas zu lebhafte Zeugenaussage, viel zu lebhaft, eine ziemlich lebhafte Einrichtung.

In ein lautes Gespräch vertieft, gingen sie. Eda in ihrem weiten Mantel nahmen sie in die Mitte. »*Alla rovina*«, murmelte der Mann am Empfang, als sie auf die Straße traten, »*alle macerie*«, sagte er, und das Mädchen an der Telefonanlage sah zu ihm hinüber, »*alla polvere*«. Es war etwas über Müll und Staub.

Die Morgen wurden kalt. Im Garten trieben Blätter an die Tischbeine. Alan saß allein in der Bar. Eine Kellnerin, die mit dem Muttermal auf der Lippe, kam herein und stellte die Kaffeemaschine an. Frank kam herunter. Er hatte sich den Mantel um die Schultern gelegt. Im Hemd, ohne Krawatte, sah er aus wie ein reicher Patient in irgendeinem Krankenhaus. Oder wie ein Industrieller, der die ganze Nacht Karten gespielt hatte.

»Also, was meinst du?« sagte Alan.

Frank setzte sich. »Schöner Tag«, bemerkte er. »Vielleicht sollten wir irgendwohin fahren.«

In dem Raum, vielleicht im ganzen Hotel, waren ihre Stimmen das einzige Geräusch, leise und mit Pausen, wie die leichten Laute eines weichen Besens. Ein gedämpfter Laut, dann wieder einer.

»Wo ist Eda?«

»Sie badet.«

»Ich wollte mich ganz gerne von ihr verabschieden.«

»Warum? Was ist denn los?«

»Ich glaub, ich fahr nach Hause.«

»Was ist denn passiert?« sagte Frank.

Alan konnte sich selbst in dem Spiegel hinter der Bar sehen, sein sandfarbenes Haar. Er wirkte blaß, fast so, als wäre er gar nicht da. »Nichts ist passiert«, sagte er. Sie war in die Bar gekommen und hatte sich ans andere Ende des Raums gesetzt. Er spürte, wie sich seine Brust verengte. »Europa deprimiert mich.«

Frank sah ihn an. »Ist es Eda?«

»Nein. Ich weiß nicht.« Es erschien ihm schrecklich still. Alan legte die Hände in den Schoß. Sie zitterten.

»Ist das alles? Wir können sie doch teilen«, sagte Frank.

»Wie meinst du das?« Er war zu nervös, um es richtig herauszubringen. Er warf einen kurzen Blick auf Eda. Sie sah auf etwas im Garten hinaus.

»Eda«, rief Frank, »möchtest du etwas zu trinken? *Cosa vuoi?*« Er machte eine Geste, als höbe er ein Glas an den Mund. Im College war er sehr beliebt gewesen. Sein Nachname Shuford war zu Shuf verkürzt worden und dann zu Shoes. Er war als Leichtathlet bei den Meisterschaften von Pennsylvania gelaufen. Seine Mutter konnte ihre Familie sechs Generationen zurückverfolgen.

»Orangensaft«, sagte sie.

Sie saßen da und redeten leise miteinander. Das machten sie oft, hatte Eda festgestellt. Sie redeten über Geschäftliches oder Dinge in New York.

Als sie an dem Abend ins Hotel zurückkehrten, erklärte Frank es ihr. Sie verstand sofort. Nein. Sie schüttelte den Kopf. Alan saß allein in der Bar. Er trank einen süßen Likör.

Es würde nicht geschehen, er wußte es. Es war auch egal. Dennoch fühlte er sich beschämt. Das Hotel über seinem Kopf, die Korridore und stillen Zimmer, wofür sonst waren sie da?

Frank und Eda kamen herein. Er schaffte es, sich ihnen zuzuwenden. Sie schien regungslos – in ihrem Gesicht war nichts zu erkennen. Wie hieß das, was er da trank, fragte er schließlich. Sie verstand die Frage nicht. Er sah Frank einmal leicht nicken, wie im Einverständnis. Sie waren wie Diebe.

Am Morgen lag das erste Licht blau auf dem Fensterglas. Es klang, als regnete es. Aber es war das Laub, das der Wind durch den Garten trieb, das Geräusch von Blättern auf dem Kies. Alan schlüpfte aus dem Bett, um den losen Fensterladen festzuziehen. Unter ihm leuchtete, halb verdeckt von den Hecken, eine Statue weiß herauf. Die wenigen geparkten Autos glänzten schwach. Sie schlief, das weiche dicke Kissen unter dem Kopf. Er hatte Angst, sie zu wecken. »Eda«, flüsterte er. »Eda.«

Ihre Augen öffneten sich ein wenig und schlossen sich wieder. Sie war jung, sie konnte weiterschlafen. Er hatte Angst, sie zu berühren. Sie war nicht glücklich, das wußte er, ihr bloßer Hals, ihr Haar, die Dinge, die er nicht sehen konnte. Es würde dauern, bis sie daran gewöhnt waren. Davon abgesehen, war es perfekt. Es war das Natürlichste auf der Welt. Er würde ihr auch etwas kaufen, etwas Schönes.

Im Bad blieb er vor dem Fenster stehen. Er dachte an den ersten Arbeitstag bei Weyland, Braun – als er und Frank angefangen hatten. Sie wurden unzertrennlich. Herbst in den Gärten des Veneto. Die Morgendämmerung hatte kaum begonnen. Er würde nie vergessen, wie er Frank das erste Mal traf. Er hätte das alles alleine nie tun können. Ein junger Mann, der eine Mütze trug, trat plötzlich aus dem Torweg unter ihm heraus. Er überquerte die Straße und sprang auf ein Motorrad. Der Motor sprang an, ein schwacher Dunst. Der Scheinwerfer ging an, und er fuhr los, einen großen Korb hinten drauf. Er holte die Backwaren fürs Frühstück. Sein Leben war einfach. Die Luft war rein und kühl. Er war Teil der großen unwandelbaren Ordnung jener, die Lohnarbeit verrichten, deren Welt unerleuchtet ist und die nicht wissen, was über ihnen vorgeht.

FREMDE KÜSTEN

Mrs. Pence und ihre weißen Schuhe waren fort. Sie hatte zwei Tage zuvor das Haus verlassen, und das Zimmer oben stand leer, es drängten sich keine Kosmetika mehr auf der Kommode, das Bügelbrett war endgültig zusammengeklappt. Nur ein paar vereinzelte Haarnadeln und ein Hauch von Puder waren geblieben. Am nächsten Tag kam Truus, mit zwei Koffern und rotgefleckten Wangen. Es war März und kalt. Christopher begegnete ihr wie zufällig in der Küche. »Erschießt du Menschen?« fragte er.

Sie war Holländerin und hatte, wie sich herausstellte, keine Arbeitsgenehmigung. Das Haus war ein Saustall. »Ich kann dir 135 Dollar die Woche zahlen«, erklärte ihr Gloria.

Christopher mochte sie zuerst nicht, aber bald waren die Teller, die sich auf der Küchenablage türmten, gespült, der Boden gewischt, und eine gewisse Ordnung kehrte wieder ein – das Mädchen, das saubermachte, kam nur einmal die Woche. Truus war langsam, aber fleißig. Sie wusch die Wäsche, etwas, was Mrs. Pence, die eine staatlich geprüfte Krankenschwester war, immer abgelehnt hatte, ging einkaufen, kochte das Essen und kümmerte sich um Christopher. Sie arbeitete hart, war neunzehn Jahre alt und in schmollender Blüte. Gloria schickte sie mit ihrer unreinen Haut in den Kosmetiksalon von Elizabeth Arden in Southampton und gab ihr montags und einen Abend die Woche frei.

Mit der Zeit begann Truus sich zurechtzufinden. Das Haus, ein großes, umgebautes Kutscherhaus, war gemietet. Gloria, die neunundzwanzig war, schlief gerne lange, und manchmal tauchten Brandflecken im Wohnzimmerteppich auf.

Christophers Vater lebte in Kalifornien, und Gloria hatte einen Freund namens Ned. »Dieser Scheißkerl«, sagte sie oft, »kann es gleich vergessen, Christopher wiederzusehen, wenn er mir nicht zahlt, was er mir schuldet.«

»Vollkommen richtig«, sagte Ned.

Als es wärmer wurde, konnte man Truus im Dorf in diesem oder jenem Geschäft oder mit Christopher im Schlepptau durch die Straßen gehen sehen. Sie war ein wenig farblos. Sie hatte mittlerweile ein anderes Mädchen kennengelernt, eine Französin, ebenfalls *au-pair*, mit der sie ins Kino ging. Die teuren Autos glitten unter den Bäumen mit ihrem jungen Grün dahin, mit jeder Woche wurden es mehr. Truus begann, mit Christopher an den Strand zu gehen. Gloria sah sie zusammen aufbrechen. Sie war oft noch im Bademantel. Sie winkte und trank Kaffee. Diesmal hatte sie Glück gehabt. Alle ihre Freunde sagten ihr das, und sie wußte es selbst: Truus war eine Perle. Sie war Teil der Familie geworden.

»Truus weiß, wo man Mäusen bekommt«, sagte Christopher.

»Wo man was bekommt?«

»Kleine Mäusen.«

»Mäuse«, sagte Gloria.

Er sah ihr beim Schminken zu, es faszinierte ihn. Das Gesicht fast am Spiegel, konzentriert, strich sie ihre langen Wimpern nach oben. Sie hatte eine Menge blondes Haar, einen Leberfleck auf der Oberlippe, aus dem ein paar stehengelassene Haare wuchsen, einen kleinen Pickel auf der Stirn, aber ansonsten ein schönes Gesicht. Der erste Eindruck von ihr war immer überwältigend. Später bemerkte man vielleicht die dünnen Beine, aristokratische Beine nannte sie sie, ihre Mutter hatte die gleichen. Im Laufe des

Abends nahm ihre Vollkommenheit ab. Der Glanz verschwand von ihren Lippen, sie verlegte Ohrringe. Die Highway-Polizisten kannten sie alle. Ein paar Wochen zuvor war sie auf dem Nachhauseweg von einer Party in den Graben gefahren und um drei Uhr morgens die Georgica Road entlangspaziert und hatte zwei Scheiben eingeschlagen, um in die Küche zu kommen.

»Ihr Freund weiß, wo man sie kriegt«, sagte Christopher.

»Welcher Freund?«

»Ach, nur ein Freund«, sagte Truus.

»Wir haben ihn auf der Straße getroffen.«

Glorias Augen schweiften von ihrem Spiegelbild ab und ruhten für einen Moment auf dem von Truus, die sie nicht weniger vertieft betrachtete.

»Kann ich nicht Mäusen haben?« bat Christopher.

»Hmm?«

»Bitte.«

»Nein, Schatz.«

»Bitte!«

»Nein. Wir haben hier schon genug davon.«

»Wo?«

»Im ganzen Haus.«

»Bitte.«

»Nein. Und jetzt Schluß damit.« Zu Truus bemerkte sie beiläufig: »Ist das dein Freund?«

»Es ist niemand«, sagte Truus. »Nur jemand, den ich getroffen hab.«

»Denk daran, daß du bei so was aufpassen mußt. Man weiß nie, wen man trifft, du mußt vorsichtig sein.« Sie ging mit dem Kopf ein wenig zurück und prüfte ihre Augen, groß und schwarz umrandet. »Gott sei Dank, daß wir nicht in Italien sind«, sagte sie.

»Italien?«

»Da kann man nicht mal allein auf die Straße gehen. Man kann sich nicht mal ein Paar Schuhe kaufen, sie machen sich gleich über einen her, grapschen und tatschen einen an.«

Es passierte vor dem Supermarkt, als Christopher darauf bestand, die Tasche zu tragen, und sie kurz hinter dem Eingang fallen ließ.

»Jetzt sieh dir das an«, sagte Truus gereizt. »Ich hab dir gesagt, du sollst sie nicht fallen lassen.«

»Ich hab sie nicht fallen gelassen. Sie ist mir runtergerutscht.«

»Nicht anfassen«, warnte sie. »Da sind Glasscherben.«

Christopher starrte auf den Boden. Er hatte einen stämmigen Körper, kurzgeschnittenes Haar und ein Grübchen im Kinn wie sein verbannter Vater. Leute gingen an ihnen vorbei. Truus war verärgert. Es war heiß, der Laden war voll, sie würde wieder hineingehen müssen.

»Sieht aus, als wär hier ein kleiner Unfall passiert«, sagte eine Stimme. »Was ist denn kaputtgegangen? Das ist schon in Ordnung, das tauschen die um. Ich kenn den Kassierer.«

Als er ein paar Momente später wieder herauskam, sagte er zu Christopher. »Meinst du, du wirst sie diesmal gut festhalten?«

Christopher war still.

»Wie heißt du?«

»Nun, sag schon«, sagte Truus. Dann, nach einem Moment: »Er heißt Christopher.«

»Schade, daß du heute morgen nicht bei mir warst, Christopher. Da, wo ich war, hatten sie ganz viele zahme Mäuse. Schon mal welche gesehen?«

»Wo?« sagte Christopher.

»Man kann sie richtig in die Hand nehmen.«

»Wo ist das?«

»Du kannst keine Maus haben«, sagte Truus.

»Kann ich wohl.« Er sagte es immer wieder, während sie weitergingen. »Ich kann alles haben, was ich will«, sagte er.

»Sei still.« Sie redeten über seinem Kopf. Kurz vor der Ecke blieben sie eine Weile stehen. Christopher war still, während sie weitersprachen. Er fühlte, wie an seinem Haar gezupft wurde, sah aber nicht auf.

»Sag auf Wiedersehen, Christopher.«

Er sagte nichts. Er weigerte sich, den Kopf zu heben.

Am späten Nachmittag war die Sonne wie ein Feuerofen. Alles andere daneben war dunkel, der Horizont im Dunst verloren. Weit hinten am Strand wehte vor einem der stattlichen Häuser eine große Fahne. Christopher hinter sich, stapfte Truus durch den Sand. Schließlich sah sie, wonach sie gesucht hatte. Oben in den Dünen saß jemand.

»Wo gehen wir hin?« fragte Christopher.

»Nur hier rauf.«

Christopher sah bald, worauf sie zugingen.

»Ich habe Mäuse«, war das erste, was er sagte.

»Wirklich?«

»Willst du wissen, wie sie heißen?« Es waren zwei verzweifelte Wüstenrennmäuse in einem Kasten mit Sägespänen.

»Catman und Batty«, sagte er.

»Catman?«

»Das ist der Größere.« Er bemerkte, daß Truus ein Handtuch ausbreitete. »Müssen wir hierbleiben?«

»Ja.«

»Warum?« fragte er. Er wollte hinunter zum Wasser. Schließlich willigte Truus ein.

»Aber nur, wenn du da bleibst, wo ich dich sehen kann«, sagte sie.

Die Schaufel fiel aus seinem Eimer, als er losrannte. Sie mußte ihn zurückrufen. Er rannte wieder los, und sie tat, als beobachtete sie ihn.

»Ich bin wirklich froh, daß Sie gekommen sind. Wissen Sie, ich weiß gar nicht, wie Sie heißen. Ich weiß, wie er heißt, aber wie Sie heißen, weiß ich nicht.«

»Truus.«

»Den Namen habe ich noch nie gehört. Woher kommt er, aus Frankreich?«

»Holland.«

»Ach, wirklich?«

Sein Name war Robbie Werner – »Nicht halb so schön«, sagte er. Er hatte ein unbefangenes Lächeln und blaßblaue Augen. Er hatte etwas Lässiges an sich, wie ein Student, der von der Uni gewiesen worden war und den das nicht kümmerte. Die Sonne brannte herab und traf Truus' Schultern unter ihrem Hemd. Sie trug einen blauen Badeanzug darunter. Sie wußte, daß sie zu schwer gebaut war, sie spürte die Hitze, die kräftigen männlichen Beine, die neben ihr ausgestreckt lagen.

»Leben Sie hier?« sagte sie.

»Ich bin nur auf Urlaub.«

»Und woher kommen Sie?«

»Raten Sie mal.«

»Ich weiß nicht«, sagte sie. Sie war in solchen Dingen nicht gut.

»Saudi Arabien. Da ist es ungefähr dreimal so heiß.«

Er arbeite dort, erklärte er. Er habe eine eigene Wohnung und ein kostenloses Telefon. Zuerst glaubte sie ihm nicht. Sie guckte ihn von der Seite an, während er redete, und sah, daß er die Wahrheit sagte. Er bekam zwei Monate Urlaub im Jahr, sagte er, normalerweise in Europa. Sie stellte es sich so vor, daß er in Hotels schlief, spät aufstand und mittags Essen ging. Sie wollte nicht, daß er aufhörte zu reden. Sie wußte nicht, was sie sagen sollte.

»Und Sie?« sagte er. »Was machen Sie?«

»Ach, ich kümmer mich nur um Christopher.«

»Wo ist seine Mutter?«

»Sie wohnt hier. Sie ist geschieden«, sagte Truus.

»Es ist schrecklich, daß sich alle Leute scheiden lassen«, sagte er.

»Das finde ich auch.«

»Ich mein, warum heiraten?« sagte er. »Sind Ihre Eltern noch verheiratet?«

»Ja«, sagte sie, obwohl sie ihr kein gutes Beispiel schienen. Sie waren jetzt fast fünfundzwanzig Jahre verheiratet. Die Ehe hatte sie ausgelaugt, ihre Mutter besonders.

Plötzlich richtete sich Robbie leicht auf. »Oha«, sagte er.

»Was ist?«

»Ihr Junge. Ich seh ihn nicht.«

Truus sprang schnell auf, sah sich um und begann auf den Strand hinunterzulaufen. Die Flut hatte eine Art Sandbank gebildet, die den Rand des Wassers verdeckte. Während sie lief, sah sie schließlich den kleinen blonden Schopf dahinter auftauchen. Sie rief seinen Namen.

»Ich hab dir gesagt, du sollst bleiben, wo ich dich sehen kann«, rief sie außer Atem, als sie ihn erreichte. »Ich mußte den ganzen Weg runterrennen. Wie kannst du mich so erschrecken?«

Christopher schlug ziellos mit der Schaufel auf den Sand. Er blickte auf und sah Robbie. »Wollen wir eine Burg bauen?« fragte er unschuldig.

»Sicher«, sagte Robbie nach einem Moment. »Komm, laß uns ein Stück weiter runter gehen, näher ans Meer. Dann können wir auch einen Burggraben bauen. Helfen Sie uns?« sagte er zu Truus.

»Nein«, sagte Christopher, »sie kann das nicht.«

»Natürlich kann sie das. Sie wird uns einen ganz wichtigen Teil bauen.«

»Was?«

»Wirst schon sehen.« Sie gingen den samtigen Hang hinunter, feucht von der Flut.

»Wie heißt du?« fragte Christopher.

»Robbie. Hier ist eine gute Stelle.« Er kniete sich hin und fing an, große Händevoll Sand auszuheben.

»Hast du einen Penis?«

»Sicher.«

»Ich auch«, sagte Christopher.

Als sie ihm sein Abendessen machte, spielte er draußen auf der Terrasse, er schlug mit der Schaufel auf die Schieferplatten. Es war heiß. Ihre Kleider klebten an ihr, und ihre Oberlippe war feucht, aber danach würde sie nach oben gehen und duschen. Sie hatte ein Zimmer im zweiten Stock – nicht das, das Mrs. Pence bewohnt hatte –, ein kleines Gästezimmer, weiß gestrichen mit einer ausgebesserten Stelle an der Tür, wo man das ursprüngliche Schloß abgenommen hatte. Vor dem Fenster standen Bäume und die dichte Hecke des Nachbarhauses. Das Zimmer ging nach Süden und fing die Brise ein. Am Morgen kroch Christopher oft in ihr Bett, die Beine kühl, das Haar duftete leicht säuerlich. Das Zimmer war erfüllt von zerfließendem Licht. Sie konnte Sand auf dem Laken spüren, nur eine Spur. Schlaftrunken drehte sie den Kopf, um auf ihre Uhr auf dem Nachttisch zu sehen.

Nicht einmal sechs. Die ersten Vögel sangen. Neben ihr, die Augen geschlossen, der leicht geöffnete Mund entblößte eine Reihe kleiner Zähne, lag dieser vollkommene Junge.

Er hatte begonnen, im Blumenbeet herumzugraben. Er häufte Erde auf den Rand der Terrasse.

»Laß das, du wirst ihnen noch weh tun«, sagte Truus. »Wenn du nicht aufhörst, setz ich dich oben in den Baum neben dem Schuppen.«

Das Telefon klingelte. Gloria nahm den Hörer in einem anderen Teil des Hauses ab. Nach einem Moment rief sie: »Es ist für dich.«

»Hallo?« sagte Truus.

»Hi.« Es war Robbie.

»Hallo«, sagte sie. Sie wußte nicht, ob Gloria aufgehängt hatte. Dann hörte sie es klicken.

»Können wir uns heute abend treffen?«

»Ja, das müßte gehen«, sagte sie. Sie fühlte sich außerordentlich leicht.

Christopher hatte begonnen, mit der Schaufel über das Fliegengitter zu kratzen. »Entschuldigung«, sagte sie und bedeckte das Mundstück mit der Hand. »Hör auf damit«, befahl sie.

Sie drehte sich zu ihm um, nachdem sie aufgehängt hatte. Er beobachtete sie von der Tür aus. »Hast du Hunger?« fragte sie.

»Nein.«

»Komm, waschen wir dir erst mal die Hände.«

»Warum gehst du aus?«

»Zum Spaß. Komm jetzt.«

»Wohin gehst du?«

»Jetzt ist Schluß, ja?«

Am Abend war es windstill. Die Hitze kam über einen wie eine Fieberwallung. In der klirrenden Kühle des *Laundry*, jenseits der dunklen Bahnstation, saßen sie in der Nähe der Theke, an der dichtgedrängt Männer standen. Es war laut und voll. Dann und wann grüßte sie jemand, der an ihnen vorbeikam.

»Ein ganz schöner Zirkus hier, was?« sagte Robbie.

Gloria kam oft hierher, wie sie wußte.

»Was willst du trinken?«

»Bier«, sagte sie.

An der Bar standen mindestens zwanzig Männer. Sie war sich vereinzelter Blicke bewußt.

»Weißt du, du siehst gar nicht schlecht im Badeanzug aus«, sagte Robbie.

Das Gegenteil traf zu, wie sie fand.

»Hast du dir mal überlegt, ein paar Pfund abzunehmen?« sagte er. Er hatte eine ruhige, entspannte Art zu sprechen. »Es würde dir guttun.«

»Ja, ich weiß«, sagte sie.

»Hast du dir mal überlegt, als Mannequin zu arbeiten?«

Sie sah ihn nicht an.

»Ganz im Ernst«, sagte er. »Du hast ein hübsches Gesicht.«

»Ich seh nicht aus wie ein Mannequin«, murmelte sie.

»Und nicht nur das. Du hast auch einen sehr schönen Hintern, das stört dich doch nicht, wenn ich das sage?«

Sie schüttelte den Kopf.

Später fuhren sie an großen dunklen Häusern vorbei und eine Straße hinunter, die am Ende unerwartet den Blick freigab, wie auf die Aussicht, die sich ihr, wie sie wußte, irgendwie eröffnete. Vor ihnen lagen sanft gewellte Felder und ferne Lichter. Ein Straßenschild, auf dem Egypt Lane stand – sie war zu benommen, um es zu lesen – schwebte einen Moment im Scheinwerferlicht.

»Weißt du, wo wir sind?«

»Nein«, sagte sie.

»Das ist der Maidstone Club.«

Sie überquerten eine kleine Brücke und fuhren weiter. Schließlich bogen sie in eine Auffahrt ein. Sie konnte das Meer hören, als er den Motor abstellte. In der Nähe standen noch zwei andere Autos.

»Ist irgend jemand hier?«

»Nein, sie schlafen alle«, flüsterte er.

Sie gingen über den Rasen zur anderen Seite des Hauses. Sein Zimmer lag in einer Art Anbau. Es roch feucht. Die Kommode war mit Kleidern übersät, Rasierzeug, Zeitschriften. Sie sah dies alles schemenhaft, als er ein Streichholz anriß, um eine Kerze anzuzünden.

»Bist du sicher, daß niemand hier ist?« sagte sie.

»Keine Angst.«

Es war alles ein wenig unbeholfen. Danach duschten sie zusammen.

Es gab fast nichts auf der Karte, was Gloria gerne gegessen hätte.

»Was nimmst du?« sagte sie.

»Krabbensalat«, sagte Ned.

»Ich glaube, ich nehm die Avocado«, entschied sie.

Der Kellner nahm die Karten entgegen.

»In der Pharmaindustrie, sagst du?«

»Ich glaube, er arbeitet für eine dieser großen Firmen«, sagte sie.

»Für welche?«

»Ich weiß nicht. Sie ist in Saudi Arabien.«

»Saudi Arabien?« sagte er ungläubig.

»Da sitzt doch das ganze Geld, oder nicht?« sagte sie. »Also, hier ist es bestimmt nicht.«

»Wie hat sie den Typen kennengelernt?«

»Ihn irgendwo aufgegabelt, denke ich.«

»Typisch«, sagte er. Er schob seine randlose Brille mit einem Finger höher auf die Nase. Er trug einen leichten Pullover, die Ärmel waren hochgeschoben. Sein Haar war von der Sonne gebleicht. Er sah sehr jungenhaft und attraktiv aus. Er war dreiunddreißig und nie verheiratet gewesen. Es gab nur zwei Dinge, die bei ihm nicht stimmten: seine Mutter hatte alles Geld in einen Trust gesteckt, und sein Rücken. Er hatte manchmal schreckliche Schmerzen und mußte dann stundenlang auf dem Boden liegen.

»Na ja, ich bin mir sicher, er weiß, daß sie nur eine Baby-Sitterin ist. Er ist hier auf Urlaub. Ich hoffe, er bricht ihr nicht das Herz«, sagte Gloria. »Eigentlich bin ich froh, daß er aufgetaucht ist. Es ist besser für Christopher. Dann kommt sie nicht in Versuchung, die erotischen Gefühle, die er für sie hegt, zu erwidern.«

»Die was?«

»Glaub mir. Ich bilde mir das nicht ein.«

»Also wirklich, Gloria.«

»Irgendwas geht da vor. Vielleicht weiß sie es nicht. Er ist ständig in ihrem Bett.«

»Er ist erst fünf.«

»Mit fünf kann man schon Erektionen haben.«

»Ach, wirklich?«

»Darling, ich hab's gesehen.«

»Mit fünf?«

»Du würdest dich wundern«, sagte sie. »Sie werden damit geboren. Du erinnerst dich nur nicht mehr daran, das ist alles.«

Sie bekam keinen Liebeskummer, sie wurde nicht grüblerisch. In den folgenden Wochen war sie stiller, aber auch gefestigter, und nicht unbedingt traurig. Sie ging in ihren flachen Schuhen, die ihr ein etwas biederes Aussehen verliehen, wie gewöhnlich einkaufen. Gloria kam sogar der Gedanke, daß sie schwanger sein könnte.

»Ist alles in Ordnung?« fragte sie.

»Bitte?«

»Mein Liebes, fühlst du dich gut? Du weißt schon, was ich meine.«

Es gab Momente, wenn die beiden vom Strand zurückkamen und Truus geduldig den Sand von Christophers Füßen bürstete, da empfand Gloria großes Mitleid mit ihr und verstand, warum sie so ruhig war. Wieviel Schicksal lag doch im Aussehen! Truus Gesicht schien leer, ausdruckslos, außer wenn sie mit Christopher spielte, dann hellte es sich auf. Sie war ohnehin wie ein Kind, ein unförmiges Kind, ein phantasieloser Spielkamerad, den man nach einiger Zeit vergaß. Und die Einfältigkeit ihrer Träume! Sie wollte Modedesignerin werden, sagte sie eines Tages. Sie wollte Kleider entwerfen.

Was sie wirklich empfand, als ihr Freund abgereist war, wußte niemand. Sie kam mit den Einkäufen herein, die Fliegentür schlug hinter ihr zu. Sie ging ans Telefon, nahm Nachrichten entgegen. Abends saß sie mit Christopher oben auf dem abgenutzten Sofa und sah fern. Manchmal lachten beide. Auf den Regalen türmten sich Spiele, Plastikspielzeug, Kinderbücher. Manchmal wurde Christopher aufgetragen, eines davon mit nach unten zu nehmen, so daß seine Mutter ihm eine Geschichte vorlesen konnte. Es war wichtig, daß er Bücher mochte, sagte Gloria.

Es war ein hellblauer Umschlag mit arabischen Buchstaben in der Ecke. Truus öffnete ihn – sie stand an der Küchentheke – und begann den Brief zu lesen. Die Handschrift war kindlich und klein. *Liebe Truus*, stand dort. *Danke für Deinen Brief. Ich habe mich sehr über ihn gefreut. Aber Du brauchst nicht so viele Briefmarken auf Briefe nach Saudi Arabien zu kleben. Eine U.S. Luftpostmarke reicht. Es ist schön, daß Du mich vermißt.* Sie sah auf. Christopher schlug gegen etwas im Flur.

»Das funktioniert nicht«, sagte er.

Er schleifte ein Spielzeugauto hinter sich her, das man aufpumpen mußte, damit es fuhr.

»Komm, laß mich mal sehen«, sagte sie. Er schien kurz davor zu weinen. »Das gehört doch hierhin, oder?« Sie brachte den kleinen Plastikschlauch an. »Da, jetzt geht es.«

»Nein, tut es nicht«, sagte er.

»Nein, tut es nicht«, äffte sie ihn nach.

Er sah düster zu, während sie pumpte. Als der Griff fest wurde, setzte sie das Auto auf den Boden, richtete es aus und ließ es los. Es schoß quer durch den Raum und krachte gegen die gegenüberliegende Wand. Er ging hinüber und schubste es mit dem Fuß.

»Willst du damit spielen?«

»Nein.«

»Dann heb es auf und räum es weg.«

Er bewegte sich nicht.

»Räum … es … weg …«, sagte sie mit tiefer Stimme und kam Schritt für Schritt auf ihn zu. Er beobachtete sie aus dem Augenwinkel. Noch ein wankender Schritt. »Oder ich freß dich«, brummte sie.

Er rannte kreischend zur Treppe. Sie kam mit tiefer Stimme, schlurfend langsam auf die Treppe zu. Der Hund bellte. Gloria kam zur Tür herein, bückte sich, um die Schuhe auszuziehen und sie zur Seite zu kicken. »Hallo, irgendwelche Anrufe?« fragte sie.

Truus hörte mit ihrer Vorstellung auf. »Nein. Niemand.«

Gloria hatte ihre Mutter besucht, was immer anstrengend war. Sie sah sich um. Sie merkte, daß etwas im Gange war. »Wo ist Christopher?«

Ein Streifen blondes Haar tauchte kurz über dem oberen Treppenabsatz auf.

»Hallo, Liebling«, sagte sie. Es folgte eine Pause. »Mami hat hallo gesagt. Was ist los? Was geht hier vor?«

»Wir spielen nur ein Spiel«, erklärte Truus.

»Also, dann hör jetzt einen Moment auf zu spielen und gib mir einen Kuß.«

Sie nahm ihn mit ins Wohnzimmer. Truus ging nach oben. Etwas später hörte sie, daß Gloria nach ihr rief. Sie faltete den Brief, den sie zum fünften oder sechsten Mal gelesen hatte, und ging zum Treppenabsatz. »Ja?«

»Kommst du herunter?« rief Gloria. »Er treibt mich zum Wahnsinn.«

»Er ist unmöglich«, sagte sie, als Truus hereinkam. »Er hat seine Milch verschüttet, er hat den Wassernapf umgetreten. Sieh dir die Sauerei an!«

»Laß uns rausgehen und etwas spielen«, sagte Truus zu ihm und griff nach seiner Hand, die er wegzog. »Komm. Oder willst du auf deinem Pony reiten?«

Er starrte auf den Boden. Als wäre sie allein im Zimmer, ließ sie sich auf Hände und Knie herab. Sie schüttelte ihr Haar und machte ein merkwürdiges Geräusch, ein zartes Wiehern, klar wie das Klirren eines Glases. Sie drehte sich um und blickte ihn gleichmütig über die Schulter hinweg an. Er beobachtete sie.

»Komm«, sagte sie ruhig. »Dein Pony wartet.«

Als danach Briefe kamen, faltete Truus sie und steckte sie in die Tasche, während Gloria ihre Post durchsah: Rechnungen, Vernissagen, Mahnungen, manchmal ein Brief. Sie schrieb selber sehr wenige, beschwerte sich aber immer, wenn sie keine erhielt. Bemerkungen über die Logik dieses Verhaltens brachten sie nur auf.

Der Herbst kam. Alles schien ihn zu leugnen. Die Tage waren noch warm, eine große, noch heiße Sonne verströmte ihr Licht. Das Laub, reicher denn je, bedeckte die Bäume. Hinter den Hecken lärmten Rasenmäher zum letzten Mal. Auf dem warmen Schieferstein der Terrasse ein einsamer Grashüpfer, zurückgelassen, ein Veteran, dunkelgrün und gelb, der sich humpelnd fortbewegte. Die Vögel hatten ihm ein Bein ausgerissen.

Eines Morgens, als Gloria oben im Haus war, sah sie etwas, was ihre Aufmerksamkeit erregte. Die Tür zu dem kleinen Gästezimmer stand offen, und auf dem Nachttisch lag zusammengefaltet ein Brief. Er lag dort in der Stille, eine Hälfte ragte wie ein Flügel in die Luft.

Das Haus war leer. Truus war einkaufen gegangen und würde danach Christopher von der Vorschule abholen. Mit der Neugier eines Schulmädchens setzte sich Gloria aufs Bett. Sie öffnete den Umschlag und nahm die Seiten heraus. Das erste, worauf ihr Auge fiel, war eine Zeile etwas oberhalb der Mitte. Es traf sie wie ein Schlag. Einen Moment war sie wie benommen. Nervös las sie den Brief von Anfang bis Ende. Sie öffnete die Schublade. Dort lagen weitere. Sie las sie ebenfalls. Wie Liebesbriefe wiederholten sie sich, aber es waren keine Liebesbriefe. Dieser Mann arbeitete nicht nur in einem Büro, er tat mehr, viel mehr. Er zog durch Europa, von Stadt zu Stadt, und suchte nach jungen Menschen, die sich in Hotelzimmern und billigen Apartments – die Bilder,

81

die sich ihr aufdrängten, entsetzten sie – auszogen und in einem Strom von Widerwärtigkeiten versanken. Die Briefe waren wie die eines Highschool-Jungen, das war das Schrecklichste. Sie waren Rekrutierungsbriefe, und so einfach, als hätte ein Analphabet sie nachgemalt.

Eingerahmt vom Türrahmen, saß sie da, mit fast zitternder Hand, und wußte nicht, was sie tun sollte. Sie fühlte sich tief bestürzt, angsterfüllt, hintergangen. Sie sah aus dem Fenster. Sie überlegte, ob sie gleich zur Vorschule gehen – sie könnte in ein paar Minuten dort sein – und Christopher irgendwohin bringen sollte, wo er sicher war. Nein, das wäre albern. Sie lief nach unten zum Telefon.

»Ned«, sagte sie, als sie ihn erreichte – ihre Stimme bebte. Sie sah auf einen der Briefe, der eine Anzahl sachlicher Fragen stellte.

»Was ist? Stimmt was nicht?«

»Komm sofort her. Ich brauch dich. Es ist etwas passiert.«

Eine Weile stand sie da, die Briefe in der Hand. Sie sah sich hastig um und legte sie in eine Schublade, in der Gartensaat aufbewahrt wurde. Sie begann auszurechnen, wie lange es dauern würde, bevor er aus der Stadt mit dem Auto da sein könnte.

Sie hörte sie hereinkommen. Sie war in ihrem Schlafzimmer. Sie hatte ihre Fassung wiedergewonnen, aber als sie die Küche betrat, spürte sie, daß ihr Herz schlug. Truus machte Mittagessen.

»Mami, guck mal«, sagte Christopher. Er hielt ein Blatt Papier hoch. »Siehst du, was das ist?«

»Ja. Sehr schön.«

»Das ist der Motor«, sagte er. »Das sind die Flügel. Das sind die Kanonen.«

Sie versuchte, sich auf den gekritzelten Umriß mit den grellen Farben zu konzentrieren, aber sie war sich nur des Mädchens bewußt, das an der Küchentheke arbeitete. Als Truus die Teller zum Tisch brachte, versuchte Gloria, ihr ruhig ins Gesicht zu blicken, ein Gesicht, das sie, wie sie feststellte, vorher nie gesehen hatte. Sie erkannte darin zum ersten Mal Verkommenheit, und in Truus' Gliedern, ihrer Glätte, ihren Ausmaßen, sah sie Brutalität und Laster. Draußen standen die Bäume am Rande des Grundstücks im gewohnten Tageslicht, ein Häuserdach, der Rasen, ein paar verstreute Spielsachen. Es war eine Landschaft, die nichts Gutes verhieß, zu idyllisch, zu still.

»Iß nicht mit den Fingern, Christopher«, sagte Truus und setzte sich zu ihm. »Nimm deine Gabel.«

»Ich komm da nicht ran.«

Sie schob den Teller ein paar Zentimeter zu ihm.

»Hier, versuch es jetzt mal«, sagte sie.

Später, als Gloria sie draußen auf dem Rasen beim Spielen beobachtete, mußte sie feststellen, daß die Aufregung ihres Sohnes etwas Wildes, fast Tierisches an sich hatte, als steckte ihre Roheit ihn an, sie schien ihn zu beschmutzen. Eine Zeile der vielen, die sich in ihrem Kopf drängten, fiel ihr wieder ein. *Ich hoffe, Du bist für meinen großen Schwanz bereit, wenn ich Dich wiedersehe. PS Hast Du in letzter Zeit irgendwelche großen Schwänze gehabt? Ich vermisse Dich und denke an Dich und dann steht er mir.*

»Hast du so was schon mal gelesen?« fragte Gloria.

»Nicht wirklich.«

»Es ist absolut widerlich. Ich kann es nicht glauben.«

»Na ja, sie hat sie ja nicht geschrieben«, sagte Ned.

»Sie hat sie aufgehoben. Das ist noch schlimmer.«

Er hielt die Briefe in der Hand. *Es wäre toll, wenn Du nach*

Europa kämst, hieß es in einem. *Wir würden herumreisen, und Du könntest mir helfen. Wir könnten zusammenarbeiten. Ich weiß, daß Du das sehr gut könntest. Die Mädchen, nach denen wir suchen würden, sind zwischen 13 und 18 Jahre alt. Auch Jungen, aber ein bißchen älter.*

»Du mußt da jetzt reingehen und ihr sagen, daß sie verschwinden soll«, sagte Gloria. »Sag ihr, daß sie das Haus verlassen muß.«

Er sah wieder auf die Briefe. *Manche sind schon sehr entwickelt, du wärst überrascht. Ich glaub, Du weißt, welchen Typ wir suchen.*

»Ich weiß nicht ... Vielleicht sind das nur irgendwelche blöden Liebesbriefe.«

»Ned, ich mein es ernst«, sagte sie.

Natürlich wird auch sehr viel gevögelt.

»Ich ruf das FBI an.«

»Nein«, sagte er. »Laß nur. Hier, nimm die mal. Ich werd es ihr sagen.«

Truus war in der Küche. Als er mit ihr redete, versuchte er, in ihren grauen Augen die Unverfrorenheit zu sehen, die ihm bislang entgangen war. Er sah nur Verwirrung. Sie schien ihn nicht zu verstehen. Sie ging zu Gloria hinein. Sie war den Tränen nahe. »Aber warum?« wollte sie wissen.

»Ich hab die Briefe gefunden«, war alles, was Gloria sagte.

»Was für Briefe?«

Sie lagen auf dem Schreibtisch. Gloria nahm sie auf.

»Das sind meine«, protestierte Truus. »Sie gehören mir.«

»Ich hab das FBI angerufen«, sagte Gloria.

»Bitte, geben Sie sie mir.«

»Ich werde sie dir nicht geben. Ich werde sie verbrennen.«

»Bitte, ich möchte sie haben«, beharrte Truus.

Sie war verwirrt und weinte. Auf dem Weg nach oben kam

sie an Ned vorbei. Er meinte, an ihr die Dinge erkennen zu können, die in den Briefen gerühmt wurden, den Saudi-Briefen, wie er sie später nannte.

Truus saß in ihrem Zimmer auf dem Bett. Sie wußte nicht, was sie tun oder wohin sie gehen sollte. Sie begann ihre Kleider zu packen, sie hoffte, daß sich die Dinge ändern würden, wenn sie lange genug brauchte. Sie bewegte sich sehr langsam.

»Wohin gehst du?« sagte Christopher von der Tür aus.

Sie antwortete ihm nicht. Er fragte wieder und kam ins Zimmer.

»Ich fahr zu meiner Mutter«, sagte sie.

»Sie ist unten.«

Truus schüttelte den Kopf.

»Doch, ist sie«, sagte er trotzig.

»Geh raus. Stör mich jetzt nicht«, sagte sie mit ausdrucksloser Stimme.

Er begann mit dem Fuß gegen die Tür zu treten. Nach einer Weile setzte er sich aufs Sofa. Dann verschwand er.

Als das Taxi kam, um sie abzuholen, versteckte er sich draußen hinter ein paar Bäumen neben der Auffahrt. Sie suchte ihn.

»Ach, da bist du«, sagte sie. Sie setzte ihre Koffer ab und kniete sich neben ihn, um sich von ihm zu verabschieden. Er stand mit gesenktem Kopf vor ihr. Von weitem sah es wie eine Unterwerfungsgeste aus.

»Sieh dir das an«, sagte Gloria. Sie war im Haus. Ned stand hinter ihr. »Die Schlampen lieben sie immer am meisten«, sagte sie.

Christopher stand am Straßenrand, nachdem das Taxi weggefahren war. In der Nacht kam er nach unten zu seiner Mutter ins Zimmer. Er weinte, und sie machte das Licht an.

»Was ist denn?« sagte sie. Sie versuchte, ihn zu trösten.
»Wein nicht, mein Liebling. Hat dich was erschreckt? Komm, Mami bringt dich wieder nach oben. Hab keine Angst. Alles wird gut.«

»Gute Nacht, Christopher«, sagte Ned.

»Sag ›gute Nacht‹, Liebling.«

Sie ging nach oben, legte sich zu ihm ins Bett und schaffte es schließlich, daß er einschlief, aber er strampelte so sehr, daß sie zurück nach unten ging, den Morgenmantel mit der Hand um sich gezogen. Ned hatte ihr einen Zettel geschrieben: Sein Rücken machte ihm zu schaffen, er war nach Hause gefahren.

Truus' Platz wurde von einer kolumbianischen Frau eingenommen, die sehr religiös war und weder trank noch rauchte. Danach kam ein schwarzes Mädchen namens Mattie, die beides tat, aber eine lange Zeit blieb.

Eines Abends im Bett, sie las gerade *Town and Country*, stieß Gloria auf etwas, das sie erstaunte. Es war ein Foto von einer Gartenparty in Brüssel, nur ein kleines Foto, aber sie erkannte darauf ein Gesicht, sie war sich ganz sicher, und mit einem schrecklich flauen Gefühl hielt sie die Fotografie näher ans Licht. Sie trug kein Make-up und wirkte sehr verletzbar. Sie sah sich das Bild genauer an. Sie hatte keinen Kontakt mehr zu Ned, sie hatte ihn über ein Jahr nicht gesehen, aber sie war versucht, ihn trotzdem anzurufen. Dann, als sie die Bildunterschrift gelesen und sich das Bild noch einmal angesehen hatte, entschied sie, daß sie sich irrte. Es war nicht Truus, nur eine Frau, die ihr ähnlich sah, und außerdem, was bedeutete es schon? Es schien alles lange her. Christopher hatte sie vergessen. Er ging jetzt zur Schule, er hatte sich gut entwickelt, war schon in der Fußballmannschaft, spielte mit Acht- und Neunjährigen, er war größer als die anderen und intelligent. Er würde einsneunzig werden. Er würde eine Menge Freundinnen haben, Mädchen, deren Familien Häuser auf den Bahamas besaßen. Er würde ihnen das Herz brechen.

Und doch konnte sie – die Zeitschrift in ihrem Schoß – nicht aufhören, daran zu denken. Was war wohl aus Truus geworden? Sie sah sich das Foto noch einmal an. Hatte sie sich nach Amsterdam oder Paris durchgeschlagen und schmutzige Filme oder sonst etwas gemacht, jemanden getroffen? Es war unerträglich, sich vorzustellen, daß sie irgendwohin eingeladen wurde, schlanker, in dem Glanz überfüllter Restaurants, mit ihrem schlechten Teint unter dem Make-up und der Moral einer Stubenfliege. Ihr wurde fast schlecht bei dem Gedanken, daß es so etwas wie unverdientes Glück gab, daß bestimmte Menschen den Weg dahin fanden. Wie das Mädchen, das Ned bald heiraten würde, die in dem Restaurant am Highway in der Nähe von Bridgehampton gearbeitet hatte. Das war ein Schlag, das war mehr als ein Schlag gewesen. Aber schließlich machte nichts, fast gar nichts mehr einen Sinn.

KINO

1 Um halb elf erschien sie schließlich. Sie hatten gewartet. Die Tür am hinteren Ende ging auf, und etwas schüchtern – sie versuchte, im Halbdunkel zu erkennen, ob irgend jemand da war – kam sie langsam, fast zögernd näher, ihr langes Haar hing herunter wie das eines Schulmädchens, alle Augen waren auf sie gerichtet … Hinter ihr ging die junge Frau, die ihre Sekretärin war.

Große Gesichter kann man nicht erklären. Sie hatte eine lange Nase, einen Mund, merkwürdig auseinanderstehende Augen. Es war ein offenes und undurchdringliches Gesicht. Es sagte: das Leben ist mir gleichgültig.

Als er ihr vorgestellt wurde, lächelte Guivi, der männliche Hauptdarsteller. Seine Zähne waren groß, und zwischen den Schneidezähnen war eine Lücke. Auf seinem Kinn befand sich ein Muttermal. Diese Makel wurden zu jener Zeit geradezu verehrt. Er hatte erst vier oder fünf Rollen gespielt, er war plötzlich entdeckt worden, die Einstellung, in der er zum ersten Mal zu sehen war, wurde oft als eine der eindrucksvollsten Szenen in der gesamten Filmgeschichte genannt. Es war so. Es gibt manchmal ein einziges Bild, das alles andere überdauert, selbst die Namen geraten in Vergessenheit. Er hielt ihren Stuhl. Sie war verhalten, als man sich ihr vorstellte, ihre Stimme war kaum wahrnehmbar.

Der Regisseur beugte sich vor und begann zu reden. Sie würden zehn Tage in dieser leeren Halle proben. Annas Gesicht war in ihrem Kragen vergraben, während er sprach. Sie kannte den Regisseur nicht. Er war ein kleiner Mann, der als Arbeitstier bekannt war. Die Spucke flog ihm aus dem Mund, während er redete. Sie hatte bei Filmarbeiten noch nie geprobt, nicht bei Fellini, nicht bei Chabrol. Sie versuchte zuzuhören, was er sagte. Sie fühlte sehr deutlich die Gegenwart der anderen um sich. Guivi saß ruhig da, er rauchte eine Zigarette. Sie warf unbemerkt einen Blick auf ihn.

Sie begannen, am Tisch sitzend, zusammen zu lesen. Versuchen Sie nicht, irgendwelche Bedeutungen zu finden, sagte ihnen Iles, noch nicht, dies sei nur ein erster Schritt. Es gab keine Fenster. Es gab weder Tag noch Nacht. Ihre Stimmen schienen aufzusteigen, sich über ihnen aufzulösen wie Rauch. Guivi las seine Zeilen, als werfe er wertlose Karten ab. Seine Leidenschaft war Bridge. Er verbrachte seine Abende damit. Als sie zur Hälfte durch waren, berührte er bei einer intimen Stelle leicht ihre Schulter. Sie schien es nicht zu bemerken. Sie war wie eine Eidechse, nur ihre Kehle pulsierte. Das nächste Mal berührte er ihr Haar. Diese eine Geste, die so natürlich war, als wäre sie unbewußt geschehen, machte sie ruhig, stillte ihre Ängste.

Danach verschwand sie sofort. Sie ging direkt zurück ins Hotel de Ville. Ihr Zimmer war voller Sachen. Auf dem Schreibtisch lagen noch in braunes Papier eingeschlagene Bücher, Zeitschriften in verschiedenen Sprachen, flüchtig gelesene Briefe. Es gab ein kleines Vorzimmer, unregelmäßig geschnitten, und dahinter ein Schlafzimmer. Das Bett war groß. In gleicher Weise wie sich die Kamera in einer Einstellung vorsichtig, unsere Erwartung steigernd, von Gegenstand zu Gegenstand bewegt, gab die halb geöffnete Badezimmertür den Blick auf eine Unzahl Flaschen frei, dunkle Parfums, Arznei, unbekannte Dinge. Von weit unten auf der Via Sistina hörte man den Verkehr.

Am nächsten Tag las sie besser, sie war wie eine Frau, die

bereit ist zu arbeiten. Sie strich sich das Haar mit der Hand aus dem Gesicht, während sie las. Sie war aufmerksam, einmal lachte sie sogar.

Man brachte ihnen kleine Tassen Kaffee von der anderen Seite des Hofs.

»Wie hört es sich für Sie an?« fragte sie den Autor.

»Nun …«, zögerte er.

Er war ein unschlüssiger Mann namens Peter Lang, früher einmal Peter Lengsner. Er hatte alles von ihrem heiligen Leben gesehen, eine Lichtgestalt, er hatte den Artikel, den an sie gerichteten Liebesbrief im *Bazaar* gelesen. Man beschrieb ihre vollkommene Bescheidenheit, ihren Instinkt, die Form ihres Gesichts. Auf der anderen Seite war die Fotografie, die er ausschnitt und in seine Mappe legte. Der Film, zu dem er das Drehbuch geschrieben hatte, dieses wichtige Werk der jüngsten der Künste, existierte bereits in seiner Vorstellung. Seine Kraft lag in seiner Keuschheit, in der Strenge seiner Bilder. Es war ein Film bloßer Andeutungen, die Oberfläche war ruhig, die Ruhe des täglichen Lebens. Das sollte nicht heißen, still. Unterhalb der sichtbaren Oberfläche lagen Gefühle, die durch ihre Verborgenheit noch stärker wurden. Nur manchmal – gleich der Spitze eines Eisbergs, der unheilvoll aus dem Nichts auftaucht und dann wieder aus dem Blick verschwindet – trat das Grauen hervor.

Als sie sich an ihn wandte, war er überwältigt, er wußte nicht, was er sagen sollte. Es war egal. Guivi gab ihr eine Antwort.

»Ich glaube, wir sind noch ein wenig unsicher, was einige Sätze angeht«, sagte er. »Wissen Sie, Sie haben da ein paar wirklich schwierige Dinge geschrieben.«

»Nun, ja …«

»Fast nicht zu schaffen. Verstehen Sie mich nicht falsch, die Sätze sind gut, sie müssen nur perfekt kommen.«

Sie hatte sich bereits abgewandt und redete mit dem Regisseur.

»Shakespeare ist voll von solchen Zeilen«, fuhr Guivi fort. Er begann, Othello zu zitieren.

Jetzt war Iles an der Reihe, es war Zeit, seine Gedanken auszubreiten. Er warf sich hinein. Er war wie eine Art verrückter Schulmeister, als er den Film beschrieb, halb Freud, halb liebeskranker Zeitungskolumnist, verfolgte er innere Stränge und Motive, tief wie Flüsse. Mitglieder der Crew kamen hereingeschlichen und standen an der Tür. Guivi notierte etwas in seinem Drehbuch.

»Ja, mach dir Notizen«, sagte Iles zu ihm. »Manches, was ich sage, ist brillant.«

Eine Darstellung baue sich in Schichten auf wie ein Gemälde, das sei seine Methode, mit dem einen anfangen, dann dies dazutun, dann jenes und so weiter. Es wuchs, wurde reicher, es entstanden Tiefen, verborgene Strudel. Am Ende dann würden sie es zurückschneiden, es um die Hälfte kürzen. Das verstand er unter guter Schauspielarbeit.

Er vertraute Lang an: »Ich sage ihnen nie alles. Nur ein Beispiel: die Szene in der Klinik. Ich erkläre Guivi, daß er zusammenbricht, daß er glaubt, daß er schreien muß, wirklich schreien. Er muß sich ein Handtuch in den Mund stopfen, um sich daran zu hindern. Dann, kurz bevor wir drehen, sage ich ihm: Mach es ohne Handtuch. Verstehen Sie?«

Seine Energie sprang auf die Darsteller über. Eine Stimmung der Erregung, ja des Fiebers erfaßte sie. Er begeisterte sie, es war ihre Welt, die er beschrieb und dann auseinandernahm, um ihre wunderbaren Komplikationen aufzuzeigen.

Sollte er ein Genie sein, würde er am Ende mit Lorbeer gekrönt werden, da sein Werk so umfangreich war wie das von Balzac. Auch er schrieb ohne Unterlaß, eine Seite nach der anderen, angefüllt mit dem Erhabenen und Gewöhnlichen, mit phantastischen Figuren, tiefen Einsichten, menschlicher Schwäche, Müll. Wenn ich dreißig Jahre lang zwei Filme im Jahr mache, sagte er ... Das Projekt war sein Leben.

Um sechs warteten draußen die Limousinen. Der Himmel hatte noch Licht, die Kälte des Herbstes lag in der Luft. Sie standen vor der Tür und redeten. Sie trennten sich nur widerwillig. Er hatte sie bekehrt, er war ihr Meister. Sie fuhren in getrennten Wagen weg, mit einem kurzen Winken. Lang blieb alleine in der Dämmerung stehen.

Es gab Abendessen. Guivi saß neben Anna. Es war der vierte Tag. Sie lehnte den Kopf an seine Schulter. Er redete über die Torheit der Frauen. Sie waren nicht wirklich intelligent, sagte er, das war ein Mythos der westlichen Welt.

»Ich sage Ihnen etwas, was Sie überraschen wird«, sagte Iles. »Wissen Sie, was ich glaube? Ich glaube, sie sind nicht so intelligent wie Männer. Sie sind intelligenter.«

Anna schüttelte leise den Kopf.

»Sie denken nicht logisch«, sagte Guivi. »Es ist nicht ihre Art. Das Wesen der Frau sitzt hier.« Er legte die Hand auf seinen Bauch. »In der Gebärmutter«, sagte er. »Nirgendwo anders. Ist Ihnen klar, daß es keine großen Bridge-Spielerinnen gibt?«

Es war, als hätte sie sich all seinen Ansichten unterworfen. Sie aß, ohne zu sprechen. Sie rührte das Dessert kaum an. Es reichte ihr, das zu sein, was er an einer Frau bewunderte. Sie war sich ihrer Macht bewußt, er kniete jede Nacht davor nieder, während seine Gedanken wanderten. Er begann bereits, ihr gegenüber gleichgültig zu werden. Er vollführte den Akt, so wie man ein schlechtes Blatt spielt, er machte das Beste daraus. Die weiße Wolke schoß aus ihm heraus, sie stöhnte.

»Eigentlich bin ich ein Romantiker und ein Klassizist«, sagte er. »Zweimal war ich *fast* verliebt.«

Ihr Blick senkte sich, er flüsterte ihr etwas zu.

»Aber nie wirklich«, sagte er. »Nie tief. Nein, ich sehne mich danach. Ich bin bereit dafür.«

Unter dem Tisch fand ihre Hand die seine. Die Kellner bürsteten die Krümel vom Tisch.

Lang wohnte im Inghilterra, in einem kleinen, zur Seite gelegenen Zimmer. Lange nachdem er zu Ende war, trieb er dem Abend in Gedanken hinterher. Zerstreut wusch er seine Unterwäsche. Er wußte, irgendwo in der Stadt mit ihren verschlossenen Läden, dem herbstschwarzen Fluß, waren sie beisammen, er verübelte es ihnen nicht. Er lag im Bett wie ein armer Student – wie wenig sich das Leben im Laufe der Zeit doch verändert – und schlief, sich an seine Träume klammernd, ein. Die Fenster standen offen. Die kalte Luft strömte über ihn hinweg wie das Meer über einen blinden Seemann, drang in ihn, erfüllte das Zimmer. Er lag da, die Füße gekreuzt wie ein Märtyrer, das Gesicht Gott zugewandt.

Iles hatte im Grand Hotel eine Suite mit hohen Türen und Dielen, die knarrten. Er konnte im Flur Dienstmädchen vorbeigehen hören. Er hatte eine Erkältung und konnte nicht schlafen. Er rief seine Frau in Amerika an, es war gerade Abend dort, und sie sprachen sehr lange miteinander. Er war niedergeschlagen: Guivi war kein Schauspieler.

»Was ist denn mit ihm?«

»Ach, er hat gar nichts, keine Tiefe, kein Gefühl.«

»Kannst du nicht jemand anderen nehmen?«

»Dafür ist es zu spät.«

Sie würden drumherumarbeiten müssen, sagte er. Er hatte das Telefon auf das Kopfkissen gestellt, seine Augen schweiften ziellos im Zimmer umher. Sie würden die Figur irgendwie ändern müssen, das Künstliche zu einem Teil von ihr machen. Anna war in Ordnung. Er war zufrieden mit Anna. Na ja, irgendwas würden sie tun, irgendwie Leben hineinpumpen, Tote lebendig machen.

Am Ende der Woche begannen sie mit den Proben. Es war kalt. Sie hatten ihre Mäntel an, während sie sich von einer Stelle zur anderen bewegten. Anna stand neben Guivi. Sie nahm ihm die Zigarette aus den Fingern und rauchte sie weiter. Manchmal lachten sie.

Iles lebte auf. Das Haar fiel ihm ins Gesicht, er erklärte Handlungsabläufe, Details. Er verließ sich nicht auf ihr Wissen, er gestaltete das Ganze selbst. Oft knüpfte er einen Satz an eine Bewegung, oder besser, die Bewegung gab das Stichwort: Guivi berührte Annas Ellbogen, und ohne ihn anzusehen, sagte sie: »Geh weg.«

Lang saß da und sah zu. Manchmal spielten sie dicht bei ihm, genau vor seinen Augen. Er konnte sich nicht wirklich konzentrieren. Sie sprach *seine* Sätze, Dinge, die er sich ausgedacht hatte. Sie waren wie Schuhe. Sie probierte sie an, sie waren schön, sie verschwendete keinen Gedanken daran, wer sie gemacht hatte.

»Anna ist nur begrenzt wandlungsfähig«, vertraute ihm Guivi an.

Lang sagte ja. Er wollte mehr über das Schauspielen erfahren, diese geheime Welt.

»Aber was für ein Gesicht«, sagte Guivi.

»Ihre Augen!«

»Sie haben etwas leicht Idiotisches an sich, oder?« sagte Guivi.

Sie konnte sie miteinander reden sehen. Später schickte sie jemanden zu Lang. Was immer er Guivi gesagt hatte, sie wollte es auch wissen. Lang sah zu ihr hinüber. Sie beachtete ihn nicht.

Er war verwirrt, er wußte nicht, ob sie es ernst meinte. Die Nebendarsteller, die nichts zu tun hatten, saßen auf zwei alten Sofas. Der Boden war kreideverschmiert, ihre Schuhe waren staubig. Iles verfolgte konzentriert die Szenen und nickte zustimmend, ja, ja, gut, ausgezeichnet. Das Script-Girl ging hinter ihm her, eine Stoppuhr um den Hals. Sie war fünfundvierzig, abends taten ihr die Beine weh. Sie war stets präsent, bemerkte alles und achtete darauf, nicht auf einen der halb eingeschlagenen Nägel zu treten.

»Meine Liebe«, Iles drehte sich zu ihr um, er hatte ihren Namen vergessen. »Wie lang?«

Sie brauchten immer zu lange. Er mußte sie antreiben, sie zwingen, schneller zu spielen.

Am Ende kam die Abschlußprüfung, wie in der Schule. Sie schienen alles perfekt zu machen, die Gesten, die Kadenzen, die er ausgearbeitet hatte. Er stoppte sie wie Läufer. Zwei Stunden und zwanzig Minuten.

»Wunderbar«, sagte er.

Auf der Party, die der Produzent an diesem Abend gab, war Lang betrunken. Es war in einem kleinen Restaurant. Am Eingang schlug einem der Duft entgegen, die Vorspeisen lagen in der Vitrine, die Köche nickten aus der Küche. Fünfzig Leute waren gekommen, hundert, sie standen dicht gedrängt, unterhielten sich in verschiedenen Sprachen. Anna strahlte wie eine Königin unter ihnen. An ihrem Handgelenk war ein neues Armband von Bulgari's, sie hatte mit kühler Stimme einen Preisnachlaß verlangt, der Angestellte hatte nicht gewußt, was er sagen sollte. Sie trug ein schmal geschnittenes goldenes Kostüm, der Ausschnitt betonte ihre Brüste. Ihr seltsam flächiges Gesicht schien ausdruckslos zwischen den anderen zu treiben, manchmal zeigte sich darauf ein vages, ein vorüberziehendes Lächeln.

Lang fühlte sich deprimiert. Er verstand nicht, was sie gemacht hatten, die Übertreibungen machten ihn unglücklich, er glaubte nicht an Iles, seine Energie, seine Einsichten, er glaubte an nichts von alldem. Er versuchte, sich zu beruhigen. Er sah sie an dem größten Tisch sitzen, der Produzent an Annas Seite. Sie redeten, warum war sie so lebhaft? Sie blühen immer auf, wenn die Lichter angehen, sagte jemand.

Er beobachtete Guivi. Er sah, wie sich Anna zu ihm hinüberbeugte, ihr langes Haar, ihre Kehle.

»Es ist idiotisch, ihn in Farbe zu drehen«, sagte Lang zu dem Mann neben sich.

»Was?« Er war Geschäftsführer einer Filmgesellschaft. Er hatte ein Gesicht wie ein Fisch, ein Dorsch, der schlecht geworden war. »Was meinen Sie, nicht in Farbe?«

»Schwarzweiß«, erklärte Lang.

»Was reden Sie da? Einen Schwarzweißfilm kann man doch nicht verkaufen. Das Leben ist auch in Farbe.«

»Das Leben?«

»Farbe ist die Realität«, sagte der Mann. Er kam aus New York. Die zehn größten Filme aller Zeiten seien in Farbe, sagte er.

»Was ist mit …« – Lang versuchte, sich zu konzentrieren, sein Ellbogen rutschte weg – »dem *Fahrraddieb*?«

»Ich spreche von modernen Filmen.«

2 *Heute schien die Sonne.* Er schrieb in kurzen, trostlosen Sätzen. *Gestern regnete es, es war bis zum späten Nachmittag dunkel, der Tag davor war ebenso.* Die Korridore im Inghilterra waren gewölbt wie in einem Kloster, die Türen tief in die Wand eingelassen. Dennoch fand er es komfortabel. Er gab dem Zimmermädchen morgens seine Hemden, er bekam sie am nächsten Tag zurück. Sie wusch sie zu Hause. Er hatte gesehen, wie sie sich vorbeugte, um Bettleinen aus einem Schrank zu nehmen. Man sah den Rand ihrer Strümpfe – klassisch Buñuel – das geheimnisvolle Weiß eines Beins.

Das Mädchen von der Pressestelle rief an. Sie brauchten Daten für seine Biographie.

»Was für Daten?«

»Wir schicken Ihnen ein Auto«, sagte sie.

Es kam nicht. Er nahm sich am nächsten Tag ein Taxi und wartete dreißig Minuten in ihrem Büro, sie war beim Produzenten. Schließlich kam sie zurück, ein schlankes Mädchen mit feuchten Flecken unter den Ärmeln ihres Kleids.

»Sie haben mich angerufen?« sagte Lang.

Sie wußte nicht, wer er war.

»Sie wollten mir ein Auto schicken.«

»Mr. Lang«, rief sie plötzlich. »Oh, es tut mir leid.«

Der Schreibtisch war mit Fotos übersät, die Stühle mit Zeitungen und Zeitschriften. Sie war Regieassistentin, sie hatte bei *Kleopatra* mitgearbeitet, *Die Bibel, Der Längste Tag.* Beim amerikanischen Film konnte man Geld machen.

»Sie haben mich in dieses kleine Zimmer gesteckt«, entschuldigte sie sich.

Ihr Name war Eva. Sie wohnte bei ihren Eltern. Ihre Familie aß ohne zu reden, zu viert in der traurigen Atmosphäre einer kleinbürgerlichen Umgebung, das Radio funktionierte nicht, dünne Teppiche lagen auf dem Boden. Als er zu Ende gegessen hatte, räusperte sich ihr Vater. Das Fleisch sei das letzte Mal besser gewesen, sagte er. Das *letzte* Mal? fragte ihre Mutter.

»Ja, es hat besser geschmeckt«, sagte er.

»Das letzte Mal hat es nach gar nichts geschmeckt.«

»Na gut, dann das Mal davor«, sagte er.

Sie fielen wieder in Schweigen. Man hörte nur das Geräusch der Gabeln, manchmal ein Glas. Plötzlich stand ihr Bruder auf und verließ das Zimmer. Niemand sah auf.

Der Bruder war verrückt, na, vielleicht nicht verrückt, aber verrückt genug, um sie unglücklich zu machen. Er blieb tagelang in seinem Zimmer, bei verschlossener Tür. Er war Schriftsteller. Es gab nur ein Problem – alles von Bedeutung war schon geschrieben worden. Er hatte eine Phase durchgemacht, in der er Bücher verschlang, drei oder vier am Tag, und danach lange Passagen daraus zitieren konnte, aber die Manie war vorübergegangen. Jetzt lag er auf seinem Bett und sah an die Decke.

Eva ist nervös, sagten die Leute. Natürlich war sie nervös. Sie war dreißig. Sie hatte schwarzes Haar, kleine Zähne und ein Leben, in dem sie schon jetzt keine Hoffnung mehr sah. Sie hatten nichts über ihn, sagte sie zu Lang. Sie brauchten von jedem einen Lebenslauf. Sie schlug schließlich vor, er solle ihn selber schreiben. Ja, natürlich, er hatte sich schon so etwas gedacht.

Ihre beste Freundin – wie alle Italiener unterschied sie sehr genau zwischen Freunden und Feinden –, ihre nützlichste Freundin war eine hysterische Frau namens Mirella Ricci, die ein großes Apartment und aristokratische Ambitionen hatte, dazu die Ängste und Krankheiten von Frauen, die alleine leben. Mirellas Freunde waren Homosexuelle und Frauen, die von ihren Männern getrennt lebten. Sie aß mit ihnen zu Abend, sie rief sie mehrmals am Tag an. Sie war eine Frau mit großen Nasenflügeln und weißer Haut, blaß wie Papier, aber sie konnte darauf immer noch weiße Flecken entdecken. Ihr Arzt sagte, es habe mit ihrem Kreislauf zu tun.

Sie arbeitete beim Film, wie Eva. Sie sprachen über jeden. Iles: er verstehe etwas von Schauspielern, sagte Mirella. Wen man ihm auch bringe, er wähle immer den Besten aus, na ja, ein, zwei Fehler habe er wohl gemacht. Sie aßen im *Otello's*, Schildkröten krochen über den Boden. Das Drehbuch sei interessant, sagte Mirella, aber sie mochte den Autor nicht, er sei kalt. Er sei zudem ein *frocio*, sie sehe das sofort. Was den Produzenten betraf ... sie stieß einen angewiderten Laut aus. Er färbe sich das Haar, sagte sie. Er sehe wie neununddreißig aus, aber in Wirklichkeit sei er fünfzig. Er habe schon versucht, sie zu verführen.

»Wann?« sagte Eva.

Sie wußten alles. Sie waren wie Krankenschwestern, deren Empfindungen erloschen waren. Sie waren es, die das Krankenhaus regierten. Sie wußten, wieviel Geld jeder bekam, wem nicht zu trauen war.

Der Produzent: zuerst einmal war er impotent, sagte Mirella. Wenn er doch konnte, war er nicht dazu aufgelegt, den Rest der Zeit wußte er nicht, wie er es anfangen sollte, und wenn, dann war es unbefriedigend. Hinzu kam, daß er ein Mann war, der nie eine Frau an seiner Seite hatte.

Ihre großen Nasenöffnungen waren dunkle Flecken. Sie erwartete, daß Kellner sie gut behandelten.

»Wie geht es deinem Bruder?« sagte sie.

»Ach, wie immer.«

»Arbeitet er nicht?«

»Er hat einen Job in einem Plattenladen, aber den wird er nicht lange behalten. Sie werden ihn feuern.«

»Was ist nur los mit den Männern?« sagte sie.

»Ich bin erschöpft«, seufzte Eva. Sie war müde von den Überstunden, die sie machte. Sie mußte für den Produzenten Briefe tippen, da eine seiner Sekretärinnen krank geworden war.

»Mit mir wollte er auch schlafen«, gestand sie.

»Erzähl«, sagte Mirella.

»In seinem Hotel ...«

Mirella wartete.

»Ich hab ihm ein paar Briefe vorbeigebracht. Er bestand darauf, daß ich bleibe und mich mit ihm unterhalte. Schließlich hat er versucht, mich zu küssen. Er fiel auf die Knie – ich saß auf dem Sofa – und sagte: Eva, Sie riechen so gut. Ich habe versucht, so zu tun, als wär das Ganze ein Scherz gewesen.«

Die Freuden der Rechtschaffenheit. Sie fuhren in kleinen Fiats herum. Sie achteten auf ihre Kleidung.

Die Filmarbeiten liefen gut, sie waren dem Zeitplan einen Tag voraus. Iles arbeitete mit enormem Selbstvertrauen. Er streifte in Tennisschuhen um die große schwarze Mitchell-Kamera, er aß nicht zu Mittag. Es hieß, die Muster seien außergewöhnlich. Guivi ging nie zu den Vorführungen. Anna fragte Lang, was er von ihnen hielte? Er versuchte, eine Antwort zu finden. Sie sähe sehr schön darin aus, sagte er ihr – es stimmte –, in ihrem Gesicht war etwas, das den ganzen Film erleuchtete ... er sprach den Satz nicht zu Ende. Wie gewöhnlich verlor sie das Interesse. Sie hatte

sich bereits jemand anderem zugewandt, dem Kamera-
mann.

»Haben Sie sie gesehen?« sagte sie.

Iles trug einen alten Pullover, das Haar hing ihm ins Gesicht. Zwei Filme im Jahr, wiederholte er … das war der
Eckpfeiler seines Glaubens. Eisenstein drehte insgesamt nur
sechs, aber er hatte ja auch nicht im amerikanischen Sy-
stem gearbeitet. Hinzu kam, daß Iles kein Selbstvertrauen
hatte, wenn er nicht arbeitete.

Was immer seine Schwächen sein mochten, seine Größe
zeigte sich darin, nicht preiszugeben, daß der Film schon
jetzt ein Flop war: Guivi war einfach nicht gut genug, er arbeitete, ohne zu denken, er arbeitete, wie man eine Mahlzeit einnimmt. Iles kannte sich mit Schauspielern aus.

Adieu Guivi. Es war die Ankündigung eines Todes. Er begann bereits, der Vergangenheit anzugehören. Er gab Auto-
gramme, man sah die Lücke zwischen seinen Zähnen. Er be-
zauberte die Journalisten. Er war das perfekte Opfer, er ahnte
nichts. Der Glanz seines Lebens hatte ihn geblendet. Er spei-
ste an den besten Tischen, eine gute Flasche Bordeaux vor
ihm. Er imitierte die Albernheiten von Iles.

»Guivi, mein Lieber«, ahmte er ihn nach. »Das Problem ist,
daß du Russe bist, du bist launisch und gewalttätig. Er erklärt mir, was es heißt, Russe zu sein. Als nächstes wird er
mir das Leben unterm Kommunismus beschreiben.«

Anna aß sehr langsam.

»Weißt du was?« sagte sie ruhig.

Er wartete.

»Ich war noch nie so glücklich.«

»Wirklich?«

»In meinem ganzen Leben nicht«, sagte sie.

Er lächelte. Sein Lächeln war reinste Oper.

»Mit dir bin ich die Frau, für die mich alle halten«, sagte sie. Er sah sie lange und eindringlich an. Seine Augen waren dunkel, die Pupillen nicht zu sehen. Liebesszenen am Tage, dachte er müde, Liebesszenen bei Nacht. Die Leute im Raum beobachteten sie. Als sie aufstanden, um zu gehen, drängten sich die Kellner am Ausgang.

Innerhalb von drei Jahren sollte seine Karriere zu Ende sein. Er sollte sich auf dem flackernden Fernsehschirm sehen, als wäre es ein merkwürdiger Traum. Er hatte in Apartment-häuser investiert, er besaß Grund und Boden in Spanien. Er würde wie eine Frau werden, eifersüchtig, nachtragend, und vielleicht würde er eines Tages in einem Restaurant Iles mit einem jungen Schauspieler sehen, dem er mit der Glut des Fanatikers eine sehr einfache Idee erklärte. Guivi war sie-benunddreißig. Er hatte Momente auf der Leinwand gehabt, die unvergessen bleiben würden. Kolorierte Plakate von ihm würden von Häuserwänden blättern, irgendwo in der Pro-vinz, die Ähnlichkeit verblaßt, der Name schal geworden. Er würde auf Gassen hinablächeln, in die saure Dunkelheit. Weit entfernt bellten Hunde. Die Straßen rochen nach Armut.

3 Zu Annas Geburtstag wurde in einem Restaurant am Stadtrand eine Party gegeben, das Restaurant, in dem Farouk gestorben war – er sackte vom Stuhl und war tot. Nicht jeder war eingeladen. Es sollte eine Überraschung sein.

Sie kam mit Guivi. Sie war keine Frau, sie war eine kleine Gottheit, sie war ein schönes Tier, das sich seiner Anmut nicht bewußt war. Es war Februar, die Nacht war kalt. Die Chauffeure warteten in den Autos. Später standen sie ruhig in der Garderobe zusammen.

»Meine Liebe«, sagte Iles zu ihr. »Du wirst sehr, sehr glücklich sein.«

»Wirklich?«

Er legte den Arm um sie, ohne zu antworten; er nickte. Die Dreharbeiten waren fast zu Ende. Die Muster sagte er, seien die besten, die er je gesehen habe. In seinem ganzen Leben. »Und was den Burschen hier angeht ...«, sagte er und streckte den Arm nach Guivi aus.

Der Produzent gesellte sich zu ihnen.

»Ich will euch für meinen nächsten Film. Beide«, kündigte er an. Er trug einen Anzug, der eine Nummer zu klein war, einen Samtanzug, den er auf der Via Borgognona gekauft hatte.

»Wo hast du den her?« sagte Guivi. »Er sieht phantastisch aus. Wer bitte ist hier der Star?«

Posener sah an sich herunter. Er lächelte wie ein ertappter Schuljunge.

»Gefällt er dir?« sagte er. »Wirklich?«

»Nein, wo hast du ihn her?«

»Ich laß dir morgen einen schicken.«

»Nein, nein ...«

»Guivi, bitte«, bat er. »Ich möchte gerne.«

Er war voller Wohlwollen, das Schlimmste war vorüber. Die Schauspieler waren nicht weggelaufen oder hatten sich geweigert zu arbeiten, er war durchdrungen von Liebe für sie, wie für ein böses Kind, das unerwartet etwas Gutes tut. Er hatte das Gefühl, ihnen etwas zurückgeben zu müssen.

»Ober!« rief er. Er sah sich um, seine Gesten schienen immer verschwendet, verloren sich in leerer Luft.

»Ober!« rief er. »Champagner!«

Im Raum waren um die zwanzig Leute, andere Schauspieler, die amerikanische Frau eines Grafen. Guivi erzählte am Tisch Geschichten. Er trank wie ein georgischer Prinz, er plante, nach Genf zu gehen, Gstaad. Es gab da einen italienischen Produzenten, der eine Schauspielerin unter Vertrag habe, die sei eine zweite Sophia Loren. Er habe ein Vermögen mit ihr gemacht. Ihre Filme würden nur in Italien gezeigt, aber jeder sehe sie sich an, das Geld fließe nur so. Er halte die Journalisten fern, er lasse sie nie mit ihr alleine sprechen.

»Sellerio«, riet einer.

»Ja«, sagte Guivi, »richtig. Kennst du den Rest der Geschichte?«

»Er hat sie verkauft.«

Aber nur zur Hälfte, sagte Guivi. Ihre Popularität verblaßte, er wollte alles, was er kriegen konnte, aus ihr herausholen. Es gab einen großen Auftrieb, sie luden die ganze Presse ein. Sie sollte den Vertrag unterschreiben. Sie nahm den Füller auf und beugte sich für die Fotografen ein wenig vor, wißt ihr, sie hatte diese riesigen, ähm … na ja, auf jeden Fall, auf das Papier schrieb sie: Guivi machte mit dem Finger ein großes X. Die Zeitungsleute sahen einander an. Dann nahm Sellerio den Füller, und unter ihren Namen setzte er mit großer Geste: Guivi machte ein X und daneben, bedächtig, ein zweites. Sie waren Analphabeten. Sie fragten ihn, hören Sie, wofür steht das zweite X? Wißt ihr, was er ihnen gesagt hat? *Dottore.*

Sie lachten. Er erzählte ihnen von Dreharbeiten in Neapel mit einem Produzenten, der so wenig Geld hatte, daß er ein Kabel über die Oberleitung warf, um Strom abzuzapfen. Guivi war witzig, er war ein Geschichtenerzähler in der Tradition des Ostens, er beherrschte drei Sprachen. Später, als sie schließlich verstand, was geschehen war, erinnerte sich Anna, wie glücklich er an diesem Abend schien.

»Wollen wir zur Hostaria gehen?« sagte der Produzent.

»Was?« fragte Guivi.

»Zur Hostaria …« Wie bei den Kellnern schien ihn niemand zu hören. »In die Blaue Bar. Kommt, wir gehen in die Blaue Bar«, verkündete er.

Lang saß im Auto vor dem Botanischen Garten. Es war kalt, die Fenster waren beschlagen. Hose und Hemd waren aufgeknöpft. Seine Haut wirkte im gebrochenen Licht blaß. Er hatte mit Eva zu Abend gegessen. Sie hatte stundenlang mit leiser, unsicherer Stimme gesprochen, es war ein Abend für Geschichten, sie hatte ihm alles erzählt, von Coleman, dem Chef der Pressestelle, Mirella, ihrem Bruder, Sizilien, vom Leben. Auf der Straße in die Berge, die Palermo umringten, standen schon um fünf Uhr nachmittags Wagen. In jedem saß ein Paar, der Mann mit ausgebreitetem Taschentuch auf dem Schoß.

»Ich bin so einsam«, sagte sie plötzlich.

Sie hatte nur drei Freunde, und die sah sie ständig. Sie gingen zusammen ins Theater, zum Ballett. Eine von ihnen war Schauspielerin. Die andere verheiratet. Sie schwieg, sie schien zu warten. Die Kälte war überall, sie legte sich auf die Scheiben. Ihr Atem war im Dunkeln sichtbar.

»Kann ich ihn küssen?« sagte sie.

Sie begann zu stöhnen, als wäre er heilig. Sie berührte ihn mit der Stirn. Sie murmelte. Ihr Nacken war bloß.

Sie rief am nächsten Morgen an. Es war acht Uhr.

»Ich möchte dir etwas vorlesen«, sagte sie.

Er schlief noch halb, von der Straße trieb schon der erste

Lärm herauf. Das Zimmer war eisig und ohne Licht. Fern wie von einer alten Schallplatte hörte er ihre Stimme. Sie drang in seinen Körper, sie ging ihm ins Blut.

»Ich hab das hier gefunden«, sagte sie. »Bist du noch da?«

»Ja.«

»Ich dachte, es würde dir gefallen.«

Es war eine Passage aus einem Artikel. Sie begann zu lesen.

Im Februar 1868 hatte Prinz Umberto in Mailand einen glanzvollen Ball gegeben. *In einem strahlend erleuchteten Raum wurde die junge Braut, die eines Tages Königin von Italien sein würde, der Gesellschaft vorgestellt. Es war das Ereignis des Jahres, es waren viele Menschen gekommen, es herrschte eine ausgelassene Stimmung. Während sich die mondäne Welt auf diese Weise amüsierte, entdeckte ein einsamer Astronom zur selben Stunde und in derselben Stadt einen neuen Planeten, der siebenundneunzigste auf der Chacornacschen Tafel ...*

Stille. *Ein neuer Planet.*

Noch in die Wärme der Kissen versunken, schien es, als hätte sich eine heilige Ruhe auf ihn gesenkt. Er lag da wie ein Heiliger. Er war nackt, seine Fußknöchel, seine Hüftknochen, seine Kehle.

Er hörte, wie sie seinen Namen rief. Er sagte nichts. Er lag da und wurde klein, kleiner, er verschwand. Das Zimmer wurde zu einem Fenster, einer Fassade, einer Häusergruppe, zu Plätzen und Kreuzungen, am Ende zu ganz Rom. Seine Ekstase war ihm selbst nicht bewußt. Die Dächer der großen Kathedralen leuchteten in der Winterluft.

VERLORENE SÖHNE

Den ganzen Nachmittag kamen die Autos die Straße herauf, viele mit Nummernschildern aus anderen Staaten. Die lange Reihe der hochgelegenen Backsteinquartiere ragte über der Straße auf. Graue Mauern flankierten die Strecke.

Im Empfangsbereich wurde eine Willkommensparty gegeben. Man sah Gesichter, die sich kaum verändert hatten, und andere wie Reemstmas, dessen Namensschild mehr als einmal gelesen wurde. Jemand mit einer Kamera und Blitzgerät lief in einem Kadettenschlafrock herum. Drüben in der Kaserne wurde getrunken. Türen standen offen. Stimmen drangen nach draußen.

»Hakennase wird kommen«, versicherte Dunning mit lauter Stimme. Auf dem Schreibtisch neben seinen Füßen stand eine Flasche. »Er wird kommen, keine Sorge. Er hat mir geschrieben.«

»Einen Brief? Klingbeil hat in seinem Leben noch keinen Brief geschrieben.«

»Seine Sekretärin hat es für ihn gemacht«, sagte Dunning. Er sah aus wie ein Richter, groß und wohlgenährt. Seine Brille verlieh ihm einen Hauch von Eleganz. »Er bringt ihr das Schreiben bei.«

»Wo lebt er jetzt?«

»In Florida.«

»Erinnerst du dich, als wir uns um zwei Uhr morgens nach Buckner zurückschlichen und plötzlich ein Auto die Straße entlangkam?«

Dunning versuchte, ein ernstes Gesicht zu machen.

»Wir haben uns in die Büsche geschlagen. Es war nur ein Taxi. Der Fahrer stieg auf die Bremse und setzte ein Stück zurück. Die Tür geht auf, und auf dem Rücksitz sitzt Klingbeil, blau wie ein Veilchen. Steigt ein, Jungs, sagt er.« Dunning brach in schallendes Gelächter aus. Seine Uniformjacke, mit ihren Reihen bunter Ordensstreifen, stand offen, der Umfang seiner Rockschöße ließ auf ein kräftiges Gesäß schließen.

»Wißt ihr noch«, sagte er, »wie wir Devereaux' Spanischbuch mit seinen ganzen Notizen aus dem Fenster warfen? In den Schnee. Er hat es nie wiedergefunden. Er ist völlig durchgedreht. Ihr Schweine, ich bring euch um!«

»Er hätte es zu was bringen können, wenn er nicht mit dir zusammengewohnt hätte.«

»Wir haben versucht, seinen Horizont zu erweitern«, erklärte Dunning.

Sie spielten den Untergang der *Bismarck*, während er über seinen Büchern saß. Klingbeil war der Kapitän. Sie sprangen auf die Tische. *Der Schiff ist kaputt!* brüllten sie auf deutsch. Sie feuerten die Kanonen ab. Das Ruder war blockiert, sie drehten sich im Kreis. Devereaux saß am Tisch, den Kopf gesenkt, die Hände auf die Ohren gepreßt. Würdet ihr Arschlöcher endlich ruhig sein! brüllte er.

Bush, Buford, Jap Andrus, Doane und George Hilmo saßen auf den Betten und auf dem Fensterbrett. Ein unsicheres Gesicht erschien im Türrahmen.

»Wer ist denn das?«

Es war Reemstma, den keiner in den letzten Jahre gesehen hatte. Sein Haar war grau geworden. Er lächelte unbeholfen. »Was macht ihr hier?«

Sie sahen ihn an.

»Komm rein und trink was mit uns«, sagte jemand.

Er fand einen Platz neben Hilmo, der ihm den Arm entgegenstreckte, um ihm mit eisernem Griff die Hand zu schütteln. »Wie geht es dir?« sagte er. Die anderen unterhielten sich weiter. »Du siehst gut aus.«

»Du auch.«

Hilmo schien es nicht zu hören. »Wo wohnst du?« sagte er.

»Rosemont. Rosemont, New Jersey. Die Familie meiner Frau ist da zu Hause«, sagte Reemstma. Er sprach mit einer merkwürdigen Intensität. Er war schon immer seltsam gewesen. Alle hatten sich gefragt, wie er es je geschafft hatte. Im Unterricht war er ganz gut gewesen, aber das Bild, das in Erinnerung blieb, war das von völliger Unbeholfenheit beim Exerzieren. Er schien es erst nach zwei Jahren zu beherrschen, und dann mit der Steifheit einer Katze, die zu schwimmen versucht. Er hatte volle Lippen, die ihm einen wenig schmeichelhaften Spitznamen eingetragen hatten. Er war auch unter dem Namen Zurück-Marsch-Marsch bekannt, wegen der Katastrophen, die er verursachte, wenn er das Kommando hatte.

Man gab ihm einen gebrauchten Pappbecher. »Von wem ist die Flasche?« fragte er.

»Ich weiß nicht«, sagte Hilmo. »Hier.«

»Kommen viele Leute?«

»Junge, hast du Fragen«, sagte Hilmo.

Reemstma verstummte. Eine halbe Stunde lang erzählten sie Geschichten. Er saß am Fenster, manchmal sah er in seinen Becher. Die große Uhr draußen mit den schwarzen Ziffern begann zu leuchten. West Point lag majestätisch im frühen Abendlicht, das ehrwürdige Laub reglos. Unten der Fluß lag ruhig, geheimnisvolle Inseln trieben in der Dämmerung. An der Ecke der Bibliothek dirigierte ein Militärpolizist mit präzisen Armbewegungen den Verkehr. Hinter ihm stand ein Hinweisschild zum Treffen des Jahrgangs von 1960, ein Jahrgang, auf den Vietnam herabstürzte wie Sterne auf die Jahre 1915 und 1931. In der Ferne hörte man das schwache Geräusch eines Zuges.

Es war fast Zeit für das Abendessen. Von unten drangen noch immer vereinzelte Begrüßungsrufe nach oben, Unterhaltungen, Stimmen. Füße bewegten sich gemächlich die Treppen hinunter.

»He«, sagte jemand plötzlich, »was zur Hölle hast du denn da an?«

Reemstma sah an sich herunter. Es war eine Krawatte aus rotem geblümten Stoff. Seine Frau hatte sie gemacht. Er hatte sie noch gewechselt, bevor er das Haus verließ.

»Hallo.«

Eine weißhaarige Gestalt mit einer Armbinde von 1930 kam ihm langsam entgegen.

»Welcher Jahrgang sind Sie?«

»Neunzehnsechzig«, sagte Reemstma.

»Gerade als ich hier so langging, hab ich mich gefragt, was wohl aus all den Leuten geworden ist. Es ist kaum zu glauben, aber als ich hier war, gab es Männer, die nach ein paar Wochen einfach ihre Sachen packten und ohne ein Wort nach Hause verschwanden. Haben Sie so was schon mal gehört? Neunzehnsechzig, sagen Sie?«

»Ja, Sir.«

»Je von Frank Kissner gehört? Ich war sein Stabschef. Er war ein harter Bursche. Regimentskommandeur in Italien. Eines Tages kam Mark Clark zu ihm und sagte, Frank, kommen Sie mal kurz, ich will mit Ihnen reden. Keine Zeit, hab zu tun, sagte Frank.«

»Wirklich?«

»Mark Clark sagte, Frank, ich will Sie zum Brigadegeneral machen. Okay, ich hab Zeit, sagte Frank.«

Die Offiziersmesse, in der das Dinner für die Ehemaligen stattfand, ragte vor ihnen auf, die Türen standen offen. Die Ausmaße des Gebäudes waren seit jeher bombastisch gewesen. Jetzt schien sie doppelt so groß, war erfüllt vom Weiß der Tischtücher, so weit das Auge reichte. Die Bar war überfüllt, Schlangen von fünfzehn bis zwanzig Männern warteten geduldig darauf, an ihre Tische geführt zu werden. Viele der Frauen trugen Abendkleider. Über allem lag das widerhallende Gewirr der Gespräche.

Es gab jene, denen man den Erfolg ansah, wie Hilmo, der einen grauen, metallisch glänzenden Sommeranzug trug, und mit dem sich jeder gerne unterhielt, obwohl er dazu neigte, abrupt in Schweigen zu verfallen, und es gab die unvergänglichen Helden, die ehemaligen Kadettenoffiziere, die wieder zum Leben erwacht waren. Aber die Frühform hatte sich nicht immer bewährt. Unter den Männern, die hohe Ränge erreicht hatten, waren auch solche, die sich in der Ausbildungszeit relativ wenig hervorgetan hatten. Reemstma, der kaum Kontakt gehalten hatte, war davon ein wenig überrascht. Für ihn hatte sich die Hierarchie nie geändert.

Ein furchterregendes, rot geflecktes Gesicht tauchte plötzlich auf. Es war Cramner, der am unteren Ende des Gangs gewohnt hatte.

»He, Eddie, wie geht's?«

Er hielt zwei Drinks in den Händen. Er habe erst letztes Jahr den Dienst quittiert, sagte Cramner. Er arbeite für eine Anwaltskanzlei in Reading.

»Bist du Anwalt?«

»Ich führ nur das Büro«, sagte Cramner. »Bist du verheiratet? Ist deine Frau hier?«

»Nein.«

»Warum nicht?«

»Sie konnte nicht kommen«, sagte Reemstma.

Seine Frau hatte ihn kennengelernt, als er dreißig war. Warum sollte sie dazu Lust haben, hatte sie gefragt? In gewisser Weise war er froh, daß sie nicht mitgekommen war. Sie kannte niemanden, und wenn man ihr die Gelegenheit gab, lenkte sie das Gespräch oft auf religiöse Themen. Zusammen wären sie zwei merkwürdige Menschen statt eines gewesen. Natürlich glaubte er nicht wirklich, daß er merkwürdig war, nur in den Augen der anderen. Vielleicht nicht einmal das. Man begrüßte ihn, sprach mit ihm. Besonders die Frauen, die die alten Vorurteile nicht kannten, waren freundlich. Er unterhielt sich mit der lebhaften Frau eines Kameraden, an den er sich nur vage erinnerte, R. C. Walker. Er war ein hagerer Mann mit leicht sardonischem Lächeln.

»Sie sind was?« sagte sie erstaunt. »Maler? Sie meinen, Sie sind Künstler?« Sie hatte kräftiges, natürlich gelocktes blondes Haar und ihre Wangen hatten eine angenehm weiche Rundung. Sie hatte ein zartes Doppelkinn. »Das ist ja fabelhaft!« Sie rief eine Freundin: »Nita, ich muß dir jemanden vorstellen. Wie war doch gleich Ihr Name, Ed?«

»Ed Reemtsma.«

»Er ist Maler«, sagte Kit Walker überschwenglich.

Reemstma war benommen von der Aufmerksamkeit. Als sie hörten, daß er tatsächlich Bilder verkaufte, waren sie noch interessierter.

»Können Sie davon leben?«

»Nun, ich habe eine Warteliste für meine Gemälde.«

»Wirklich!«

Er begann, die Farben und das Licht – er malte Landschaften – der Gegend um Delaware zu beschreiben, die Hügel und Täler, die Felder, Hecken, wie die Dinge sich von Jahr zu Jahr stets ein wenig veränderten, Kleinigkeiten, wie schwer es war, den Himmel wiederzugeben. Er beschrieb das schöne, metallische Grün eines Kolibris, den ihm seine Frau gebracht hatte. Sie hatte ihn in der Garage gefunden; er war natürlich tot.

»Tot?« sagte Nita.

»Seine Augen waren geschlossen. Ansonsten hätte man es nicht gemerkt.«

Er hatte ein fast wehmütiges Lächeln. Nita nickte vorsichtig.

Später wurde getanzt. Reemstma hätte sich gerne weiter unterhalten, aber die Leute zerstreuten sich. Tische lösten sich nach dem Essen in Grüppchen von Freunden auf.

»Bis später dann«, sagte Kit Walker.

Er sah, wie sie mit Hilmo sprach, der ihm kurz zuwinkte. Er schlenderte eine Weile umher. Sie spielten »Army Blue«. Eine Welle von Traurigkeit erfaßte ihn, Erinnerungen an Paraden, das Ende von Bällen, den Weihnachtsurlaub. Vier Jahre, die älteren Jahrgänge nehmen stolz und bewegt Abschied, unbekannte Gesichter rücken nach. Es war vorbei, aber niemand kehrt dem jemals ganz den Rücken. Das Leben, das er hätte führen können, tauchte fast greifbar vor ihm auf.

Spät am Abend saßen fünf oder sechs Gestalten draußen auf den Stufen vor der Kaserne, sie tranken und redeten. Reemstma setzte sich zu ihnen, er sagte nichts, er wollte den Zauber nicht brechen. Er war wieder einer von ihnen, wie an hektischen Abenden, wenn sie Gewehre reinigten und ihre Schuhe putzten, bis sie wie Spiegel glänzten. Der Dunst des Juni lag über all der Zeit, die ihn von jenen endlosen

Aufgaben vergangener Jahre trennte. Wie tief hatte er sich in sie versenkt. Wie leidenschaftlich hatte er an das Bild des Soldaten geglaubt. Es war eine Religion für ihn gewesen, er hatte blind an ihr gehangen, wie ein Krüppel, der sich an Gott klammert.

Am Morgen kam Hilmo die Treppe heruntergetrottet, die muskulösen Beine in engen Tennisshorts, und verschwand durch eines der Kasernentore zu einem frühen Spiel. Seine Sorglosigkeit war ungebrochen. Man erzählte sich, daß damals, vor dem Spiel gegen Penn State, als er zur ersten Football-Mannschaft zählte, der Trainer sie angefeuert habe – sie würden Penn State nicht nur schlagen, sie würden sie in den Boden rammen. Und dann wandte er sich an Hilmo: »Und wer wird der beste Spieler im ganzen Osten sein?«
»Ich weiß nicht. Wer?« sagte Hilmo.
Der Morgen war leer. Wie gewöhnlich gab es außer Sport nicht viel zu tun. Kurz nach zehn formierten sie sich, um zu einer Gedenkzeremonie auf dem Exerzierplatz zu marschieren. Vor einer Statue von Sylvanus Thayer stellten sie sich in Reih und Glied auf, einer, hochgewachsen und eigensinnig, trug einen Cowboyhut, während der Kadettenchor »The Corps« sang. Die begeisterten Stimmen, die feierlich getragenen Teile stiegen in die Luft auf. Hinter Reemstma sagte jemand ruhig: »Weißt du, die besten Freunde, die ich je hatte oder haben werde, waren die von hier.«
Danach gingen sie zurück, um ihre Plätze auf dem Paradeplatz einzunehmen. Der Leiter von West Point, ein schlanker Generalleutnant, stand mit seinem Stab und dem ältesten noch lebenden Absolventen, der in einem Rollstuhl saß, in der Nähe.
»Guck dir den an«, sagte Dunning. Er meinte den General-

leutnant. »Das ist, was an West Point faul ist. Das ist, was an der ganzen Armee faul ist.«

Marschmusik kam in leisen Wellen näher. Es war warm. Im Gras waren Bienen. Die ersten in der Ferne winzigen Formationen von Kadetten kamen in Sichtweite, die Bajonette blitzten. Gegen den Himmel zeichnete sich ein einzelnes Gebäude ab, die Kapelle. Sie war eine Kopie eines klassischen Vorbildes. Viele Sonntage mit ihren männlichen Predigten über Ehre, der uniformierte Chor, der mit schönem Zögerschritt zur Tür marschierte, Goldlitzen auf den Ärmeln der Offiziere. Weiter unten, halb verdeckt, die Sporthalle, die dunkle Patina auf allem darin, dem Boden, den Wänden, den schweren Boxhandschuhen. Ein Schrein von Champions, die nie entthront werden würden. Alles sprach von unerschütterlichen Grundsätzen.

Während des Picknicks wurde bekanntgegeben, daß von den 550 ursprünglichen Jahrgangsangehörigen noch 529 lebten und 176 bislang erschienen seien.

»Klingbeil nicht mitgerechnet!«

»Okay, hundertsechsundsiebzig plus ein möglicher Klingbeil.«

»Ein *un*möglicher Klingbeil«, rief jemand.

Es folgte ein kurzes Beifallsgejohle.

Die Tische standen in einem großen Pavillon mit Fliegengittern am Rande des Sees. Reemstma sah sich nach Kit Walker um. Er hatte sie einige Zeit zuvor in der Essensschlange gesehen, konnte sie aber jetzt nicht finden. Sie schien gegangen zu sein. Der Jahrgangssprecher hielt eine Rede.

»Joe Waltsak hat eine Karte geschrieben. Joe hat dieses Jahr den Dienst quittiert. Er wollte kommen, aber seine Tochter hat ihre Highschool-Abschlußfeier. Ich weiß nicht, ob ihr die Geschichte kennt. Joe war ein großer Football-Spieler.

Er lebt in Palo Alto, und die Leute wollten die Straße, in der er wohnt, nach ihm benennen, aber die Stadtverwaltung lehnte das ab. Joe wohnt im Parkwood Drive. Sie wollten die Straße Waltsak Drive nennen, aber das ging nicht durch, und statt dessen nennen sie ihn jetzt Joe Parkwood.«

Als nächstes kamen die Wahlen. Der Schatzmeister und der zweite Jahrgangssprecher wollten nicht wieder kandidieren. Neue Namen mußten her.

»Laßt uns zur Abwechslung mal jemand anders nehmen«, bemerkte jemand mit leiser Stimme.

»Jemand, den wir kennen«, sagte Dunning.

»Willst du nicht kandidieren, Mike?«

»Na klar doch, großartig«, brummte Dunning.

»Wie wär's mit Reemstma?« sagte Cramner, die Blüten des Alkoholismus flammten auf seinem Gesicht. Er lächelte, seine Zahnkanten waren unebenmäßig, als wären sie angenagt.

»Gute Idee.«

»Wer, ich?« sagte Reemstma. Er war verwirrt. Er sah sich erstaunt um.

»Wie wär's, Eddie?«

Er konnte nicht sagen, ob sie es ernst meinten. Alles geschah beiläufig – in der Art wie General Grant eines Abends, als er in St. Louis auf einer Bank saß, aus der Namenlosigkeit geholt wurde. Er murmelte etwas, protestierte. Er war rot geworden.

Andere Namen wurden genannt. Reemstma spürte, wie sein Herz klopfte. Er hatte aufgehört, nein, nein zu sagen, und saß da, verwirrt, den Mund leicht geöffnet. Er wagte nicht, sich umzusehen. Er schüttelte leicht den Kopf, nein. Eine Hand ging nach oben: »Ich beantrage, daß die Nominierungen hiermit abgeschlossen sind.«

Reemstma kam sich albern vor. Sie hatten ihn wieder reingelegt. Er fühlte sich betrogen. Niemand achtete auf ihn. Sie zählten die erhobenen Hände.

»Also komm, du kannst doch nicht wählen«, sagte jemand zu seiner Frau.

»Kann ich nicht?« sagte sie.

Reemstma schlenderte umher, der Tag neigte sich dem Ende zu, als er schließlich Kit Walker erblickte. Sie verhielt sich ein wenig merkwürdig. Sie schien ihn zuerst nicht zu erkennen. Hinten auf ihrem weißen Rock war ein Grasfleck.

»Oh, hallo«, sagte sie.

»Ich habe Sie gesucht.«

»Würden Sie mir einen Gefallen tun?« sagte sie. »Könnten Sie mir etwas zu trinken bringen? Mein Mann scheint mich zu ignorieren.«

Noch jemand ignorierte sie. Es war Hilmo, der etwas weiter weg stand. Sie hatten darauf geachtet, getrennt zum Pavillon zurückzukehren. Freunde, die sich bald trennen würden, unterhielten sich in kleinen Gruppen, ihre Gesichter waren schattig vor dem Wasser des Sees, das hinter ihnen glänzte. Reemstma kam mit etwas Wein in einem Plastikglas zurück.

»Hier, bitte. Stimmt etwas nicht?«

»Danke. Nein, warum? Wissen Sie, Sie sind sehr nett«, sagte sie. Sie hatte über seine Schulter hinweg etwas bemerkt. »O je.«

»Was?«

»Nichts. Sieht aus, als würden wir gehen.«

»Müssen Sie schon weg?« brachte er heraus.

»Rick steht drüben bei der Tür. Sie wissen ja, wie er ist, er wartet nicht gern.«

»Ich hatte gehofft, wir könnten uns noch unterhalten.«

Er drehte sich um. Walker stand draußen im Sonnenlicht. Er trug ein Hawaii-Hemd und braune Hosen. Er wirkte etwas reserviert. Reemstma beneidete ihn.

»Wir müssen heute abend noch nach Belvoir zurück«, sagte sie.

»Das ist ziemlich weit.«

»Es war wirklich nett, Sie kennenzulernen«, sagte sie.

Sie ließ den Becher unberührt auf der Tischkante stehen. Reemstma sah ihr nach, als sie den Pavillon durchquerte. Sie war nicht wie die anderen, dachte er. Er sah, wie sie zum Auto gingen. Hatte sie Kinder? fragte er sich. Fand sie ihn wirklich interessant?

Kurz bevor es dunkel wurde, um sechs Uhr abends, hörte er den Lärm und sah hinaus. Quer über den Platz kam er auf sie zu, der unbesiegbare Schuljunge, langbeinig wie ein Kranich, der Ex-Infanterie-Offizier, jetzt mit einem kleinen, wohlgerundeten Bauch, und winkte mit beiden Armen.

Dunning grölte aus einem Fenster: »Hakennase!«

»Seht mal, wen ich hier habe!« rief Klingbeil zurück.

Er war mit Devereaux gekommen, dem gequälten Streber. Sie hatten einander die Arme um die Schultern gelegt. Sie waren Freunde seit der Kadettenzeit, Freunde fürs Leben. Sie kamen die Treppe herauf.

»Hakennase!« rief Dunning.

Klingbeil breitete ironisch die Arme aus.

Er war der Sohn eines Armeeoffiziers. Als Junge war er mit den Schiffen der Matson Line im ganzen Land unterwegs gewesen. Er erzählte Geschichten über Verführungen in seiner Koje. Mein Sohn, mein Sohn, stöhnte sie. Er war unzähmbar, er konnte mit Menschen jeder Art umgehen, seine Männer verehrten ihn. Er war nur langsam befördert worden, war ausgestiegen, hatte sich mit Erfolg ins Immobiliengeschäft geworfen. Er fuhr einen grünen Cadillac, der in ganz Tampa berühmt war. Er liebte das Pokern, Trinken und lange Nächte.

Sie hatte es wahrscheinlich nicht ernst gemeint, dachte Reemstma. Die Erfahrung hatte ihn das gelehrt. Er durchschaute Lügen.

»Oh«, sagten die Ehefrauen zu ihm. »Natürlich. Ich glaube, mein Mann hat einmal von Ihnen gesprochen.«

»Ich kenne Ihren Mann nicht«, sagte Reemstma.

Ein Moment der Beunruhigung.

»Natürlich kennen Sie ihn. Waren Sie nicht im selben Jahrgang?«

Er konnte sie unten hören.

»*Der Schiff ist kaputt!*« brüllten sie. »*Der Schiff ist kaputt!*«

AKHNILO

Es war im späten August. Die Boote lagen still im Hafen, nicht die leiseste Bewegung ihrer Masten, nicht das leiseste Klicken von Leinen. Die Restaurants waren schon lange geschlossen. Vereinzelt kam ein Auto mit grellen Scheinwerfern von North Haven über die Brücke oder bog in die Main Street ein, vorbei an den erleuchteten Telefonzellen mit ihren demolierten Hörern. Auf dem Highway leerten sich die Diskotheken. Es war nach drei.

Fenn erwachte in der Dunkelheit. Er glaubte, etwas gehört zu haben, ein leises Geräusch, wie das Quietschen einer Sprungfeder, der von der Fliegentür in der Küche. Er lag in der Hitze da. Seine Frau schlief ruhig. Er wartete. Das Haus war nicht abgeschlossen, obwohl es mehrere Einbrüche und Schlimmeres in größerer Nähe zur Stadt gegeben hatte. Er hörte einen dumpfen Schlag. Er bewegte sich nicht. Mehrere Minuten verstrichen. Ohne ein Geräusch zu machen, stand er auf und ging vorsichtig durch den Korridor zu der schmalen Tür, von der ein paar Stufen zur Küche hinunterführten. Da blieb er stehen. Stille. Noch ein Schlag und ein Stöhnen. Es war Birdman, ihr Hund, der sich auf eine andere Stelle des Bodens sacken ließ.

Die Bäume draußen glichen schwarzen Spiegelungen. Die Sterne waren verborgen. Die einzigen Galaxien waren Insektenstimmen, die die Nacht erfüllten. Er starrte aus dem offenen Fenster. Er war sich immer noch nicht sicher, ob er etwas gehört hatte. Die Blätter der mächtigen Buche, deren Äste über die Veranda an der Rückseite des Hauses hingen, waren so nah, daß man sie berühren konnte. Eine lange Zeit suchten seine Augen die Schatten um den Baumstamm ab. Es war, als ob die Stille um ihn herum ihn hervorhob, ihn aber auch merkwürdig aufnahmefähig machte. Seine Augen wanderten von einem Ding zum anderen hinter dem Haus, über die bleichen korinthischen Säulen der Gartenlaube nebenan, die geheimnisvolle Hecke, die Garage mit ihren verrottenden Fenstersimsen. Nichts.

Eddie Fenn war Schreiner, obwohl er Dartmouth besucht und dort Geschichte studiert hatte. Er arbeitete meist allein. Er war vierunddreißig. Sein Haar wurde dünn, er besaß ein schüchternes Lächeln. Er hatte nicht viel zu sagen. Etwas war in ihm erloschen. Als er jünger war, dachte man, er hätte ein gewisses Talent, aber er hatte sich nie wirklich ins Leben hinausgewagt, er war immer nahe am Ufer geblieben. Seine Frau, die groß und kurzsichtig war, stammte aus Connecticut. Ihr Vater war Bankier gewesen. Aus *Greenwich und Havanna* kam die Familie, wie in den Zeitungsanzeigen gestanden hatte – er hatte dort die Zweigstelle einer New Yorker Bank geleitet, als sie Kind war. Das war zu der Zeit, als Havanna noch eine Legende war und Millionäre sich das Leben nahmen, nachdem sie eine letzte Zigarre geraucht hatten.

Jahre waren vergangen. Fenn blickte in die Nacht hinaus. Es schien, als sei er der einzige, der einem unendlichen Meer von Rufen lauschte. Die Weite der Nacht bewegte ihn. Er dachte an alles, was darin verborgen lag, die verzweifelten Taten, die Sehnsüchte, die tödlichen Überraschungen. Am Nachmittag hatte er eine Drossel gesehen, die am Rande des Rasens auf etwas herumpickte, es mit dem Schnabel packte, in die Luft warf, es wieder auffing: eine winzige Kröte, die kleinen erstarrten Beine gespreizt. Der Vogel warf sie wieder hoch. In ihren Gängen jagten die blinden Maulwürfe endlos nach Beute, die gegabelten Zungen von Reptilien prüften die Luft, man hörte das Reiben von Leibern aneinander, die Passivität derer, die in der Falle saßen, die sanften Zuckungen des Paarens. Seine Töchter schliefen am anderen Ende des Flurs. Nichts ist länger als eine Stunde sicher.

Während er dort stand, schien sich das Geräusch zu verändern, er konnte nicht sagen, wie. Es schien sich zu öffnen, als würde es etwas zum Vorschein bringen wollen, etwas Glitzerndes, weit Entferntes. Er versuchte auszumachen, was es war – eine Grille, eine Zikade, nein, es war etwas anderes, etwas Fieberndes und Fremdes, das langsam klarer wurde. Je intensiver er lauschte, desto schwieriger war es zu fassen. Er hatte Angst, sich zu bewegen, aus Furcht, es zu verlieren. Er hörte den weichen Ruf einer Eule. Die Dunkelheit der Bäume, die vollkommen war, schien sich aufzulockern, und durch sie hindurch kam dieser einzelne, schrille Laut.

Unmerklich hatte sich die Nacht geöffnet. Der Himmel offenbarte sich, die Sterne leuchteten schwach. Die Stadt war im Schlaf, verlassene Gehwege, stille Rasenflächen. In der Ferne zwischen ein paar Kiefern sah man den Giebel einer Scheune. Es kam von dort. Er konnte es immer noch nicht bestimmen. Er mußte näher heran, hinuntergehen und aus der Tür treten, aber auf die Weise würde er es vielleicht verlieren, es könnte verstummen, ihn bemerken.

Er hatte einen beunruhigenden Gedanken, es war ihm unmöglich, ihn zu vertreiben: es *hatte* ihn schon bemerkt. Zitternd, sich über allem anderen wiederholend, schien der Laut nur ihn zu meinen. Der Rhythmus war nicht gleichmäßig. Er wurde eilig, verlangsamte sich dann wieder, setzte sich fort. Von Mal zu Mal weniger ein instinktiver Ruf, als eine Art Zeichen, ein Kode, nichts ähnelnd, was er je zuvor gehört hatte, keine Aneinanderreihung langer und kurzer Töne, sondern etwas Komplexeres, auf eine Art fast wie eine Sprache. Der Gedanke machte ihm angst. Die Worte, wenn es denn welche waren, waren spitz und dünn, aber sie waren da, und diese Gewißheit ließ ihn erzittern, als wären sie die Kombination zu einem Safe.

Unter dem Fenster war das Dach der Veranda. Es neigte sich leicht. Er stand dort, vollkommen still, wie in Gedanken verloren. Sein Herz schlug. Das Dach schien breit wie eine Straße. Er mußte hinausklettern, in der Hoffnung, daß er nicht gesehen wurde, sich langsam bewegen, geschmeidig, stehenbleiben, um zu horchen, ob sich der Ton veränderte, den er jetzt deutlich wahrnahm. Die Dunkelheit würde ihn nicht schützen. Er würde in eine Nacht unzähliger Netze eintauchen, umherschweifender Augen. Er war sich nicht sicher, ob er es tun, es wagen sollte. Ein Tropfen Schweiß löste sich und rann schnell an seiner nackten Körperseite hinab. Unermüdlich kam der Ruf. Seine Hände zitterten.

Er löste das Fliegengitter, ließ es vorsichtig herab und lehnte es gegen die Wand. Er bewegte sich lautlos wie eine Schlange über das ausgebleichte grüne Dach. Er sah hinunter. Der Boden schien weit entfernt. Er würde sich vom Dach herabhängen und fallen lassen müssen, leicht wie eine Spinne. Die Giebelspitze der Scheune war noch zu sehen. Er bewegte sich auf einen Leitstern zu, er konnte es spüren. Es war fast, als fiele er darauf zu. Der Akt war schwindelerregend, unwiderruflich. Er führte ihn dorthin, wo nichts, was er besaß, ihn schützen würde, barfuß, allein. Als er sich auf den Boden fallen ließ, fühlte Fenn, wie ein Schauer durch ihn hindurchging. Er würde erlöst werden. Sein Leben war nicht so verlaufen, wie er es erwartet hatte, aber er glaubte immer noch an sich, er hielt sich für etwas Besonderes, er war jemand, der niemandem gehörte. Das Scheitern war etwas Romantisches. Es war fast sein Ziel gewesen. Er schnitzte Vögel, oder er hatte das einmal getan. Das Werkzeug und teilweise bearbeitete Holzblöcke lagen auf einem Tisch im Keller. Immer schon hatte es ihn zur Natur gezogen. Etwas in ihm, sein Schweigen, seine Bereitschaft, abseits zu stehen, war darauf eingestimmt. Statt dessen hatte er mit einem Freund, der etwas Geld besaß, angefangen, Möbel zu bauen, aber das Geschäft schlug fehl. Er trank. Eines Morgens wachte er neben dem Auto auf, er lag in den ausgefahrenen Wagenspuren der Auffahrt, die alte Frau, die auf der anderen Straßenseite wohnte, war dabei, ihren Hund zurückzurufen, als er zu sich kam. Er ging ins Haus, bevor seine Kinder ihn sehen konnten. Er sei dicht daran, Alkoholiker zu werden, sagte ihm der Arzt offen ins Gesicht. Die Worte erstaunten ihn. Das war lange her. Seine Familie hatte ihn gerettet, aber er hatte einen Preis dafür gezahlt.

Er blieb stehen. Die Erde war fest und trocken. Er ging auf die Hecke zu und über die Auffahrt des Nachbarhauses. Der Ton, der ihn rief, wurde klarer. Er folgte ihm und kam an der Rückseite von Häusern vorbei, die er von hinten kaum erkannte, durch ungepflegte Gärten, in denen Dosen und Abfall verstreut im dunklen Gras lagen, vorbei an leeren Schuppen, die er nie zuvor gesehen hatte. Vor ihm lag ein sanfter Hang, er näherte sich der Scheune. Er konnte die Stimme hören, *seine* Stimme, die über ihm dahinfloß. Sie kam von irgendwo aus dem gespenstischen hölzernen Dreieck, das vor ihm aufragte wie eine ferne Bergwand, die durch eine Biegung der Straße plötzlich dicht vor einem auftaucht. Er bewegte sich mit der Angst des Entdeckers langsam darauf zu. Über sich konnte er den dünnen Strom vibrieren hören. Erschrocken durch seine Nähe blieb er stehen.

Zuerst bedeutete er nichts, erinnerte er sich später, der Laut war zu glänzend, zu rein. Er strömte dahin, immer und immer wahnsinniger. Er konnte nichts heraushören, er konnte ihn nicht wiedergeben, er konnte ihn nicht einmal beschreiben. Er hatte sich ausgeweitet, er drückte alles andere beiseite. Er gab den Versuch auf, ihn zu begreifen, und ließ statt dessen zu, daß er durch ihn hindurchging, in ihn eindrang wie ein monotoner Gesang. Langsam, wie ein Muster, das sich verändert, wenn man darauf starrt, und sich in eine andere Dimension verschiebt, veränderte sich der Ton, unerklärlich, und enthüllte sein Wesen. Er begann ihn zu verstehen. Es *waren* Wörter. Sie hatten keine Bedeutung, keine Vorbilder, aber sie waren unmißverständlich eine Sprache, die erste, die ein Mensch aus einer Ordnung hörte, die weiter und dichter war als die unsere. Oben, in der weißlichen Fläche, verzweifelt rufend, war der namenlose Pionier.

In einer Art von Ekstase trat er näher. Sofort begriff er, daß dies ein Fehler war. Der Laut zögerte. Er schloß die Augen in quälender Angst, aber zu spät, er stockte, dann hörte er auf. Er fühlte sich dumm, beschämt. Er trat hilflos ein wenig zurück. Überall um ihn herum lärmten die Stimmen. Die Nacht war erfüllt von ihnen. Er wandte den Kopf hierhin und dahin, er hoffte, es wiederzufinden, aber das, was er gehört hatte, war fort.

Es war spät. Der erste blasse Lichtschein überzog den Himmel. Er stand neben der Scheune mit den Bruchstücken eines Traums, an die man sich mühevoll klammert, damit sie nicht verschwinden: vier Wörter, klar und unnachahmlich, die er herausgehört hatte. Er schützte sie, konzentrierte sich

auf sie mit all seiner Kraft, und begann sie mit sich zurück-
zutragen. Der Lärm der Insekten schien lauter. Er hatte
Angst, etwas könnte geschehen, ein Hund könnte bellen,
ein Licht in einem Schlafzimmer angehen, so daß er abge-
lenkt, daß er den Zugriff verlieren würde. Er mußte es
zurückschaffen, ohne etwas zu sehen, ohne etwas zu hören,
ohne zu denken. Er sprach die Worte beim Gehen vor sich
hin, seine Lippen in ständiger Bewegung. Er wagte kaum zu
atmen. Er konnte das Haus sehen. Es war grau geworden.
Die Fenster waren dunkel. Er mußte es erreichen. Die
Geräusche der nächtlichen Wesen schienen anzuschwellen,
gequält und wütend, aber er hatte sie hinter sich gelassen.
Er entkam. Er hatte eine ungeheure Strecke hinter sich gebracht, er erreichte die Hecke. Die Veranda war nicht mehr
weit. Er stand auf dem Geländer, die Dachtraufe in Reich-
weite. Die Regenrinne war fest, er zog sich hoch. Der brö-
selnde, grüne Asphalt war warm unter seinen Füßen. Ein
Bein über das Fensterbrett, dann das andere. Er war in Sicherheit. Er trat instinktiv vom Fenster zurück. Er hatte es
getan. Das Licht draußen wirkte schwach und vergänglich.
Eine geisterhafte Dämmerung breitete sich zwischen den
Bäumen aus.

Plötzlich hörte er den Boden knarren. Jemand war dort,
eine Gestalt im weichen, farblosen Licht. Es war seine Frau,
er war wie erstarrt durch ihren Anblick, den Bademantel
um sich gezogen, ihr vom Schlaf einfaches Gesicht. Er
machte eine Geste, als wollte er sie warnen, nicht näher zu
kommen.

»Was ist los? Was ist mit dir?« flüsterte sie.

Er wich zurück, seine Hände fuhren unbestimmt durch die
Luft. Sein Kopf war zur Seite gedreht wie der eines Pferdes.
Er bewegte sich rückwärts. Ein Auge auf sie gerichtet.

»Was ist los?« sagte sie beunruhigt. »Was ist passiert?«

Nein, flehte er, er schüttelte den Kopf. Ein Wort war schon weg. Nein, nein. Es flatterte auseinander wie Fische im Meer. Er griff blind danach.

Ihr Arm legte sich um ihn. Er zog sich abrupt zurück. Er schloß die Augen.

»Liebling, was hast du?« Etwas quälte ihn, das wußte sie. Er war nie wirklich über seine Schwierigkeiten hinweggekommen. Er wachte in der Nacht oft auf, dann fand sie ihn in der Küche, er saß da, das Gesicht müde und alt. »Komm ins Bett«, bat sie ihn.

Seine Augen waren fest geschlossen. Die Hände waren auf die Ohren gedrückt.

»Geht es dir nicht gut?« fragte sie.

Unter ihrer Sorge löste es sich auf, die Worte trieben davon. Er drehte sich verzweifelt um.

»Was ist denn, was ist denn?« rief sie aus.

Das Licht war überall, strömte über den Rasen. Die heiligen geflüsterten Worte lösten sich auf. Er durfte keinen Moment verschwenden. Die Hände an den Kopf gepreßt, lief er in den Flur und suchte nach einem Stift, während sie hinter ihm herlief, bittend, ihr doch zu sagen, was los sei. Sie verblaßten, es war nur noch ein Wort übrig, sinnlos ohne die anderen und doch von unendlichem Wert. Als er es hinkritzelte, wackelte der Tisch. Ein Bild zitterte an der Wand. Seine Frau, das Haar mit einer Hand zurückhaltend, beugte sich vor, um zu sehen, was er geschrieben hatte. Ihr Gesicht war dicht darüber.

»Was ist das?«

Dena, im Nachthemd, war in einer Tür erschienen, durch den Lärm geweckt.

»Was ist los?« fragte sie.

»Hilf mir«, rief ihre Mutter.

»Papa, was ist passiert?«

Ihre Hände griffen nach ihm. Auf dem Glasrahmen des Bildes bebte ein strahlendes Rechteck aus Grün und Blau, das leuchtende Laub der Bäume. Die zahllosen Stimmen zogen sich zurück, verfielen in Schweigen.

»Was ist denn, was ist denn?« flehte seine Frau.

»Papa, bitte!«

Er schüttelte den Kopf. Er weinte fast, als er versuchte, sich loszumachen. Plötzlich sackte er auf den Boden und saß dort, und für Dena war wieder die Zeit gekommen, an die sie sich aus den ersten Jahren ihrer Schulzeit erinnerte, als das Haus von Unglück erfüllt war und Türen schlugen und ihr Vater mit unbeholfener Zärtlichkeit abends in ihr Zimmer kam, um ihnen Geschichten zu erzählen und am Fuß ihres Bettes einschlief.

DÄMMERUNG

Mrs. Chandler stand in einem maßgeschneiderten Kostüm allein neben dem Schaufenster, fast direkt vor dem Neonschild, auf dem in kleinen roten Buchstaben ERSTKLASSIGES FLEISCH stand. Sie schien die Zwiebeln anzusehen, sie hatte eine in der Hand. Außer ihr war niemand im Geschäft. Vera Pini saß in ihrem weißen Kittel an der Kasse und starrte auf die vorbeifahrenden Autos. Draußen war es bewölkt, und es war windig. Der Verkehr zog in fast ununterbrochenem Fluß vorbei. »Ich kann Ihnen heute den Brie empfehlen«, bemerkte Vera, ohne sich zu bewegen. »Wir haben ihn gerade reinbekommen.«

»Ist er wirklich gut?«

»Sehr gut.«

»Schön, dann nehm ich welchen.« Mrs. Chandler war eine regelmäßige Kundin. Sie ging nicht zum Supermarkt am Stadtrand. Sie war eine der besten Kundinnen. War es gewesen. Sie kaufte nicht mehr soviel.

An der Fensterscheibe tauchten die ersten Regentropfen auf. »Sehen Sie sich das an. Jetzt regnet's auch noch«, sagte Vera.

Mrs. Chandler drehte den Kopf. Sie beobachtete die vorbeifahrenden Autos. Es schien, als wäre es Jahre her. Aus irgendeinem Grund mußte sie an die vielen Male denken, die sie selbst hinausgefahren war oder den Zug genommen hatte, aufs Land fuhr, in der Dunkelheit auf dem langen, leeren Bahnsteig ausstieg und ihr Mann oder eines ihrer Kinder da auf sie wartete. Es war warm. Die Bäume waren mächtig und schwarz. Hallo, mein Liebling. Hallo, Mami, war die Fahrt schön?

Das kleine Neonschild leuchtete hell im grauen Licht, auf der anderen Straßenseite lag der Friedhof, und ihr Auto, eine ausländische Marke, immer sauber, parkte in falscher Richtung vor der Tür. Sie machte das immer. Sie war eine Frau, die ein bestimmtes Leben führte. Sie wußte, wie man Dinnerpartys gab, mit Hunden umging, Restaurants betrat. Sie hatte ihre eigene Art, Einladungen anzunehmen, sich zu kleiden, sie selbst zu sein. Eigensinnige Gewohnheiten könnte man sie nennen. Sie war eine Frau, die Bücher gelesen, Golf gespielt, Hochzeiten besucht hatte, die schöne Beine besaß, die Stürme überstanden hatte, eine gute Frau, die jetzt niemand mehr wollte.

Die Tür ging auf, und einer der Farmer kam herein. Er trug Gummistiefel. »Hallo, Vera«, sagte er.

Sie sah ihn von der Seite an. »Warum bist du nicht auf der Jagd?«

»Zu naß«, sagte er. Er war alt und machte nicht viele Worte. »Das Wasser steht an 'n paar Stellen 'n halben Meter hoch.«

»Mein Mann ist nicht da.«

»Das hättest du mir früher sagen sollen«, sagte der alte Mann im Scherz. Er hatte ein Gesicht, das vom Wetter fast ausgelöscht war. Es war verblaßt wie eine alte Briefmarke.

Es war Jagdwetter, regnerisch und diesig. Die Saison hatte begonnen. Den ganzen Tag hörte man ab und zu Schüsse, und um die Mittagszeit flog ein Zug von sechs Gänsen ungeordnet über das Haus. Sie hatte in der Küche gesessen und ihre dummen lauten Rufe gehört. Sie sah sie durch das Fenster. Sie flogen sehr tief, knapp über den Baumwipfeln.

Das Haus lag inmitten von Feldern. Vom oberen Stock konnte man auf ferne Scheunen und Zäune sehen. Es war

ein schönes Haus, jahrelang hatte sie es als einzigartig emp-
funden. Der Garten war gepflegt, das Holz gestapelt, die
Fliegengitter gut in Schuß. Dasselbe im Innern, alles war ge-
schmackvoll ausgewählt, die weichen weißen Sofas, die
Teppiche und Stühle, die schwedischen Gläser, die so angenehm in der Hand lagen, die Lampen. Das Haus ist meine
Seele, hatte sie immer gesagt.

Sie erinnerte sich an den Morgen, als die Gans auf ihrem Rasen auftauchte, ein großes Tier mit langem schwarzem Hals
und weißem Kinnstreifen, keine fünf Meter entfernt stand
sie da. Sie war zur Treppe gelaufen. »Brookie«, flüsterte sie.

»Was?«

»Komm runter. Sei leise.«

Sie gingen zum Fenster und dann weiter zu einem anderen,
sie sahen gebannt hinaus.

»Was macht sie so nah am Haus?«

»Ich weiß nicht.«

»Sie ist groß, nicht?«

»Sehr groß.«

»Aber nicht so groß wie Dancer.«

»Dancer kann nicht fliegen.«

Alles weg, Pony, Gans, Junge. Sie erinnerte sich an den
Abend, als sie von dem Abendessen bei Werners nach Hause kamen, bei dem eine junge Frau mit sehr klaren Ge-
sichtszügen erzählt hatte, sie habe ihre Ehe aufgegeben, um
Architektur zu studieren. Rob Chandler hatte nichts gesagt,
er hatte lediglich zugehört, zerstreut, wie einer ganz gewöhnlichen Mitteilung. Um Mitternacht in der Küche, er
hatte kaum die Tür geschlossen, teilte er es ihr einfach mit.
Er hatte sich von ihr abgewandt und stand mit dem Gesicht
zum Tisch.

»Was?« sagte sie.

Er begann es zu wiederholen, aber sie unterbrach ihn.

»Was sagst du da?« sagte sie betäubt.

Er hatte jemand anderes kennengelernt.

»Du hast was?«

Sie behielt das Haus. Sie ging nur ein letztes Mal in das Apartment in der Zweiundachtzigsten Straße mit seinen großen Fenstern, von denen man, die Wange an die Scheibe gedrückt, die Eingangsstufen der Met sehen konnte. Ein Jahr später heiratete er wieder. Eine Zeitlang trieb sie ziellos dahin. Sie saß abends im leeren Wohnzimmer, fast hilflos, sie vergaß zu essen, sie tat gar nichts, sie streichelte den Kopf ihres Hundes und redete mit ihm, zusammengerollt auf dem Sofa, um zwei Uhr morgens noch immer angezogen. Eine verhängnisvolle Kraftlosigkeit war über sie gekommen, aber dann riß sie sich zusammen, begann in die Kirche zu gehen und wieder Lippenstift aufzulegen.

Jetzt, als sie vom Markt zu ihrem Haus zurückkehrte, trieben große bleierne, vom Licht marmorierte Wolken über den Bäumen. Der Wind war böig. Ein Auto stand in der Auffahrt, als sie einbog. Einen kurzen Moment war sie beunruhigt, dann erkannte sie es. Eine Gestalt kam auf sie zu.

»Hallo, Bill«, sagte sie.

»Warte, ich helf dir.« Er nahm die größte Tüte mit Einkäufen aus dem Auto und folgte ihr in die Küche.

»Stell sie einfach auf den Tisch«, sagte sie. »Ja, dort. Danke. Wie geht es dir?«

Er trug ein weißes Hemd und ein Jackett, das einmal teuer gewesen war. Die Küche schien kalt. In der Ferne hörte man das leise Knallen von Flinten.

»Komm rein«, sagte sie. »Es ist kühl hier draußen.«

»Ich bin nur vorbeigekommen, um zu sehen, ob irgendwas in Ordnung gebracht werden muß, bevor es kalt wird.«

»Ach so. Na ja«, sagte sie, »das Badezimmer oben. Wird es damit wieder Probleme geben?«

»Du meinst die Rohre?«

»Ich werd dieses Jahr doch nicht wieder einen Rohrbruch haben?«

»Haben wir die nicht isoliert?« sagte er. Er sprach mit einem leichten, eleganten Nuscheln, hinten, seitlich an der Zunge. Das hatte er schon immer. »Es liegt nach Norden, das ist das Problem.«

»Ja«, sagte sie. Sie suchte gedankenlos nach einer Zigarette.

»Warum, glaubst du, haben sie es dorthin gesetzt?«

»Da war es halt schon immer«, sagte er.

Er war vierzig, sah aber jünger aus. Er hatte etwas Hartes und Hoffnungsloses an sich, etwas, das ihm die Jugend bewahrte. Er verbrachte den ganzen Sommer auf dem Golfplatz, manchmal bis in den Dezember hinein. Selbst dort wirkte er gleichgültig, das dunkle Haar vom Wind zerzaust – sogar wenn er mit Freunden zusammen war, als würde er die Zeit totschlagen. Es gab viele Geschichten über ihn. Er war ein gefallenes Idol. Sein Vater hatte ein Maklerbüro in einem Cottage am Highway. Grundstücke, Farmen, Weideland. Sie zählten in dieser Gegend zu den ältesten Familien. Eine Straße war nach ihnen benannt.

»Der eine Wasserhahn ist kaputt. Willst du ihn dir ansehen?«

»Was hat er denn?«

»Er tropft«, sagte sie. »Ich zeig's dir.«

Sie ging voraus, die Treppe nach oben hinauf. »Da«, sagte sie und deutete aufs Badezimmer. »Man kann es hören.«

Er drehte beiläufig das Wasser auf und zu und fühlte unter dem Hahn. Er machte es mit ausgestrecktem Arm und einer lockeren Bewegung des Handgelenks. Sie konnte ihn vom

Schlafzimmer aus sehen. Er schien sich andere Dinge auf der Ablage anzusehen.

Sie drehte das Licht an und setzte sich. Es war kurz vor Einbruch der Dämmerung, und das Zimmer wirkte sofort warm und angenehm. An den Wänden waren blaugestreifte Tapeten, der Teppich war in einem weichen Weiß gehalten. Der glänzende Stein des offenen Kamins strahlte Ordnung aus. Draußen verschwanden allmählich die Felder. Es war die Stunde der Ruhe, eine Stunde, die sie fürchtete. Manchmal, wenn sie zum Meer hinaussah, dachte sie an ihren Sohn, obwohl es im Sund geschehen war und vor langer Zeit. Wie sie festgestellt hatte, dachte sie nicht mehr jeden Tag daran. Sie sagten, daß es mit der Zeit besser würde, aber nie ganz verschwinde. Wie in vielen anderen Dingen hatten sie recht. Er war der Jüngste gewesen und sehr lebhaft, wenn auch ein wenig zart. Sie betete jeden Sonntag in der Kirche für ihn. Sie sprach nur ein kleines Gebet: O Herr, übersieh ihn nicht, er ist so klein … Nur ein kleiner Junge, fügte sie manchmal hinzu. Der Anblick von etwas Totem, ein zerfetzter Vogel auf der Straße, die steifen Läufe eines Kaninchens, selbst eine tote Schlange, bestürzte sie.

»Ich denke, es ist die Dichtung«, sagte er. »Ich bring 'ne neue vorbei, sobald ich kann.«

»Gut«, sagte sie. »Wird es wieder einen Monat dauern?«

»Weißt du, Marian und ich sind wieder zusammen. Wußtest du das?«

»Oh, versteh.« Sie gab einen leisen unwillkürlichen Seufzer von sich. Sie fühlte sich merkwürdig. »Ich, ähm …« Wie kann man so schwach sein, dachte sie später. »Seit wann?«

»Seit ein paar Wochen.«

Nach einer Weile stand sie auf. »Wollen wir runtergehen?« Sie konnte ihre Spiegelungen sehen, als sie am Treppenhausfenster vorbeikamen. Sie konnte ihre aprikosenfarbene Bluse vorbeigehen sehen. Draußen ging noch immer der Wind. Ein kahler Ast kratzte an die Hauswand. In der Nacht hörte sie es oft.

»Hast du Zeit für einen Drink?« fragte sie.

»Besser nicht.«

Sie schenkte sich etwas Scotch ein und ging in die Küche, um Eis aus dem Kühlschrank zu holen und ein wenig Wasser dazuzutun. »Ich nehm an, daß ich dich eine Weile nicht sehen werde.«

Es war nicht viel gewesen. Ein paar Abendessen im *Lanai*, ein paar unerwartete Nächte. Es war nur das Gefühl, mit jemanden zusammenzusein, den man mochte, jemand, der unkompliziert und anders war. »Ich ...« Sie versuchte, etwas zu sagen.

»Du wolltest, es wär nicht passiert.«

»Ja. So ähnlich.«

Er nickte. Er stand dort. Sein Gesicht war ein wenig blaß geworden, die Blässe des Winters.

»Und du?« sagte sie.

»Ach, zur Hölle.« Sie hatte nie gehört, daß er sich beschwerte. Nur über bestimmte Leute. »Ich bin bloß ein Hausverwalter. Sie ist meine Frau. Was wirst du machen? Eines Tages zu ihr gehen und ihr alles erzählen?«

»Das würde ich nie tun.«

»Ich hoffe nicht«, sagte er.

Als die Tür sich schloß, drehte sie sich nicht um. Sie hörte, wie draußen das Auto ansprang, und sah die Spiegelung der Scheinwerfer. Sie stand vorm Spiegel und betrachtete kalt ihr Gesicht. Sechsundvierzig. Man sah es an ihrem Hals und unter den Augen. Sie würde nie jünger sein. Sie hätte ihn bitten sollen, dachte sie. Sie hätte ihm sagen sollen, was sie empfand, all das, was jetzt ihr Herz erstickte. Der Sommer mit seinen Hoffnungen und den langen Tagen war vorbei. Sie spürte den Drang, ihm zu folgen, an seinem Haus vorbeizufahren. Das Licht würde brennen. Sie würde jemanden durch das Fenster sehen.

In der Nacht hörte sie die Äste gegen das Haus klopfen, die Fensterrahmen rütteln. Sie saß allein da und dachte an die Gänse, sie konnte sie da draußen hören. Es war kalt geworden. Der Wind blähte ihr Gefieder. Sie lebten lange, zehn oder fünfzehn Jahre, sagte man. Die eine, die sie auf dem Rasen gesehen hatten, könnte noch am Leben sein, mit den anderen in die Felder geduckt, zurück vom Meer, wo sie sich in Sicherheit gebracht hatten, die Überlebenden blutiger Überfälle. Irgendwo im nassen Gras, stellte sie sich vor, lag eine von ihnen, die Brust dunkel durchnäßt, den anmutigen Hals noch ausgestreckt, die großen Flügel versuchen zu schlagen, blutige Blasen treten aus den Öffnungen in ihrem Schnabel. Sie ging durchs Haus und machte Licht. Der Regen kam herunter, das Meer toste, eine Kameradin lag tot in der wirbelnden Dunkelheit.

VIA NEGATIVA

Es gibt eine bestimmte Art von unbedeutendem Schriftsteller, man trifft ihn in einem Raum der Leihbücherei, wo er seine Bücher signiert. Sein Zeigefinger ist teefarben, sein Lächeln voll schlechter Zähne. Er kennt sich allerdings in der Literatur aus. Seine traurigen Knochen bestehen aus ihr. Er weiß, was geschrieben wurde und an welchen Orten Schriftsteller starben. Seine Urteile sind kalt, aber präzise. Sie sind rein, das zumindest kann man sagen.

Er ist unbekannt, doch nicht gänzlich ohne Bewunderer. Es ist eigentlich wie in einer Ehe, uninteressant, aber was gibt es sonst? Sein Leben sind seine Tagebücher. Irgendwo darin steht der Satz eines Astrologen: Deine natürlichen Gefährten sind Frauen. Gelegentlich vielleicht. Mehr auch nicht. Sein Haar ist dünn. Seine Kleider sind etwas aus der Mode. Er weiß allerdings, daß es einen großen, einen letzten Ruhm gibt, der auf bestimmte Menschen herabfällt, die zu ihrer Zeit kaum beachtet wurden, der sie aus der Dunkelheit zieht und ihr Leben neu erstehen läßt. Seine Helden sind Musil und natürlich Gerard Manley Hopkins. Bunin.

Es gibt Schriftsteller wie P, die in einem teuren Anzug und guten englischen Schuhen im blendenden Sonnenlicht die Straße herunterkommen, die Menge scheint sich vor ihnen aufzutun, ihnen in ihrer Mitte einen Raum zu schaffen wie das Auge eines Sturms.

»Ich hab gehört, Sie haben ein Vermögen mit Ihrem Buch gemacht.«

»Was? Glauben Sie das doch nicht«, sagen sie, obwohl es jeder weiß.

Bei näherer Betrachtung sind die Schuhe sogar handgearbeitet. Ihr Besitzer hat kräftiges Haar. Sein Gesicht ist gebieterisch, die Stirn, die lange Nase. Ein leidendes Gesicht, stark wie eine Tür. Er erkennt in seinem Gegenüber jemanden, der mehrere Geschichten veröffentlicht hat. Er hat nur einen Moment Zeit.

»Geld hat keinerlei Bedeutung«, sagt er. »Sehen Sie mich an. Ich kann nicht mal einen anständigen Haarschnitt kriegen.« Er meint es ernst. Er lächelt nicht. Als er aus London zurückkehrte und man ihn bat, den Roman eines jungen Bekannten zu unterstützen, sagte er, der solle es so machen wie er, ganz alleine. Die wollen alle irgendwas, sagte er.

Und es gibt alte Schriftsteller, die ihr Ansehen dem *New Yorker* schulden und sich in wohlhabenden Kreisen bewegen, wie W, der mit zwanzig berühmt war. Heute meinen einige Kritiker, sein Werk sei flach und epigonenhaft – er war ein Freund des größten Schriftstellers unserer Zeit gewesen, eines Autors, der zahllose Nachahmer inspirierte, vielleicht wäre es besser, wenn man sagte, einer der größten Schriftsteller, nicht alle stimmen darin überein, und ich will mich nicht streiten. Aber sie haben später miteinander gebrochen, W wollte nicht sagen, warum.

Seine erste, oft veröffentlichte Erzählung – jeder kennt sie – habe ihm über die Jahre mindestens fünfzig Frauen eingebracht, sagte er immer. Seine Frau wußte Bescheid. Am Ende trennte er sich auch von ihr. Er war kein Mann, der sich sein Aussehen bewahrte. Kleine Äderchen erschienen auf seinen Wangen. Seine Augen wurden rot. Er beleidigte Menschen, sogar Kellner in Restaurants. Dennoch, in seiner Jugend, hieß es, war er sehr großzügig, sehr mutig. Er war gegen Ungerechtigkeit. Er spendete Geld für die Loyalisten in Spanien.

Es ist Morgen. Die Zahnärzte legen ihre Bestecke aus. In den Hauseingängen erwachen stöhnend die Obdachlosen, als die Sonne auf sie fällt. Nile fuhr mit dem Bus zu seiner Mutter, auf einer Anzeige über seinem Kopf die Worte von Victor Hugo: *Alle Armeen der Welt können eine Idee nicht aufhalten, deren Zeit gekommen ist.* Sein Haar war ungekämmt. Sein Gesicht besaß die Selbstsicherheit, die aufgesprungenen Lippen eines Menschen, der entschlossen ist, ohne Geld zu leben. Seine Mutter begrüßte ihn an der Tür und nahm sein blasses Gesicht in die Hände. Sie trat zurück, um ihn besser zu sehen. Sie zitterte leicht, eine gleichmäßige, rhythmische Bewegung.

»Deine Zähne«, sagte sie.

Er verdeckte sie mit der Zunge. Seine Tante kam aus der Küche, um ihn zu umarmen.

»Wo bist du gewesen?« rief sie. »Rat mal, was es zu Mittag gibt?«

Wie viele dicke Frauen, lachte sie gerne. Sie war zweimal verwitwet, aber ein Glas reichte, um sie zum Tanzen zu bringen. Sie ging den Tisch decken. Als sie am Fenster vorbeikam, sah sie hinaus. Auf der anderen Straßenseite war ein Kino.

»Dekadent«, sagte sie.

Nile saß zwischen ihnen, er rückte den Stuhl mit kurzem Kratzen an den Tisch. Sie hatten sich nicht extra umgezogen. Die Wärme von Mahlzeiten im Familienkreis, wenn der einzige Zweck das Essen ist. Er hatte immer Hunger, wenn er kam. Während er redete, aß er eine dick mit Butter bestrichene Scheibe Brot. Es gab gekochten Kabeljau und geröstete Zwiebeln auf einer riesigen Platte. Von überall kamen Stimmen – der Fernseher lief, das Radio in der Küche. Er beantwortete ihre Fragen mit vollem Mund.

»Es schmeckt ein wenig fad«, sagte seine Mutter. »Hast du es so gekocht wie immer?«

»So wie immer«, sagte seine Tante. Sie kostete selbst. »Vielleicht fehlt Salz.«

»Man tut kein Salz an Seefisch«, sagte seine Mutter.

Nile aß weiter. Der Fisch zerfiel ihm unter der Gabel, feucht und weiß, er konnte den schwachen Jodhauch des Meeres schmecken. Er kannte den Markt, auf dem der Fisch auf Eis gelegen hatte, den jüdischen Besitzer, der sich nicht rasierte. Seine Tante beobachtete ihn.

»Weißt du was?« sagte sie.

»Was?«

Sie sprach nicht mit ihm. Sie hatte eine Entdeckung gemacht.

»Eine Minute eben, beim Essen, hat er genau wie sein Vater ausgesehen.«

Eine plötzliche, andächtige Stille breitete sich im Raum aus, eine Tiefe, die vorher nicht dagewesen war, als sie nur von Sittenlosigkeit und der Bedrohung durch die Schwarzen gesprochen hatten. Seine Mutter sah ihn liebevoll an.

»Hast du das gehört?« fragte sie. Ihre Stimme war gedämpft, sie sehnte sich nach den Mythen der Vergangenheit. Ihre Augen hatten dunkle Ränder, ihre Haut war alt.

»Was an dir ähnelt ihm?« Sie wollte es noch einmal hören.

»Ich seh nicht aus wie er«, sagte er.

Sie hörten ihn nicht. Sie sprachen über seine Kindheit, über verschiedene kleine Dinge, Gedichte, die er auswendig gelernt hatte, sein schönes Haar. Was für ein guter Schüler er gewesen war. Wie erwachsen, wenn er aß, mit der Gabel, die viel zu groß für seine Hand war. Sein Kinn war das seines Vaters, sagten sie. Seine Kopfform.

»Hintenrum«, sagte seine Tante.

»Ein schöner Kopf«, bestätigte seine Mutter. »Du hast einen wunderbaren Kopf, weißt du das?«

Danach lag er auf dem Sofa und hörte zu, wie sie das Geschirr abräumten. Er schloß die Augen. Alles war ihm vertraut, die Sätze, die er schon einmal gehört hatte, Streitereien über die Vergangenheit, sogar der Geruch der Kissen unter seinem Kopf. Im Schlafzimmer war eine Sammlung von schlechtgerahmten Fotos. Auf ihnen war, wenn man sie der Reihe nach betrachtete, ein immer älter werdendes Gesicht, das immer weniger versprach. Hatte er wirklich all diese ernsten Briefe geschrieben, die in Schuhkartons, zusammen mit Schulbüchern und gefalteten Programmheften, aufbewahrt wurden? Er schlief in dem Museum seines Lebens.

Er ging um vier. Der Portier las Zeitung, sein Kragen war aufgeknöpft, die Luft um ihn herum angefüllt mit Essensgerüchen. Er sah nicht einmal auf, als Nile hinausging. Er war vertieft in eine Beschreibung zweier junger Frauen, deren gefesselte Körper am Ufer eines Kanals gefunden worden waren. Es gab keine Fotos, nur die aus einem Highschool-Jahrbuch. Es war Juni. Die Straße war von Autos gesäumt, die Rinnsteine schmolzen in der Hitze.

Die Geschäfte waren geschlossen. In den Schaufenstern, dem Nachmittag überlassen, Auslagen von Büchern, Kosmetikartikeln, Lederbekleidung. Er blieb davor stehen. Ein großes Verlangen nach Geld, ein Durst stieg in ihm auf, ein Verlangen, anerkannt zu sein. Er ging zum hundertsten Mal auf Straßen entlang, die in keiner Weise Notiz von ihm nahmen, vorbei an endlosen Miethäusern, Konsulaten, Banken. Er kam in die Gegend um die Fünfzigste Straße, hinter den großen Hotels. Die Straßen waren verkommen wie ein Dienstbotentrakt. Überall lag Papier herum, Umschläge, leere Zigarettenschachteln.

In Jeanines Wohnung war es besser. Der Boden war blankgescheuert. Ihr Atem erschien ihm süß.

»Warst du draußen?« fragte er.

»Nein, noch nicht.«

»Die Straßen lösen sich auf«, sagte er. »Du hast nicht gearbeitet, oder?«

»Ich hab gelesen.«

Von ihren Fenstern aus konnte man auf der Rückseite des Hotel Plaza den Salon in der zweiten Etage sehen, in dem Friseure arbeiteten. Er war rot, mit Spiegeln, die seine Geheimnisse vervielfachten. An manchen Nachmittagen hatten sie, nackt, die stillen Handlungen beobachtet.

»Was liest du?« fragte er.

»Gogol.«

»Gogol …« Er schloß die Augen und begann laut zu zitieren: »*In der Kalesche saß ein Herr, nicht schön, aber auch nicht von häßlichem Äußeren, nicht zu dick und auch wieder nicht zu dünn …*«

»Was für ein Gedächtnis du hast.«

»Hör mal, welcher Roman ist das? *Lange Zeit bin ich früh schlafen gegangen …*«

»Das ist zu einfach«, sagte sie.

Sie saß auf dem Sofa, die Beine unter sich gezogen, das Buch lag neben ihr.

»Ja, wahrscheinlich«, sagte er. »Wußtest du, daß Gogol als Jungmann gestorben ist?«

»Ist das wahr?«

»Die Russen sind ein bißchen merkwürdig, was das angeht«, sagte er. »Tschechow war der Ansicht, einmal pro Jahr sei ausreichend für einen Schriftsteller.«

Er hatte ihr das schon einmal erzählt, erinnerte er sich.

»Nicht alle sind dieser Ansicht«, murmelte er. »Weißt du,

wen ich gestern auf der Straße getroffen habe? In Schale wie ein Banker. Sogar die Schuhe.«

»Wen?«

Nile beschrieb ihn. Nach einem kurzen Moment wußte sie, von wem er sprach.

»Er hat ein neues Buch geschrieben«, sagte sie.

»Hab davon gehört. Ich dachte, er würde mir seinen Ring hinhalten, damit ich ihn küsse. Ich sagte: Hören Sie, sagen Sie mir eins, aber ehrlich: das ganze Geld, die Aufmerksamkeit ...«

»Das hast du nicht.«

Nile lächelte. Die Zähne, die seine Mutter zum Weinen brachten, wurden sichtbar.

»Er war völlig verängstigt. Er wußte, was ich sagen wollte. Er hat alles, jedermann spricht über ihn, und alles, was ich habe, ist ein Dorn. Eine Nadel. Wenn ich zustäche, ginge es direkt ins Herz.«

Sie hatte das Gesicht eines Jungen und sogar einen Ansatz von Oberarmmuskeln. Ihre Fingernägel waren ganz heruntergebissen. Das Licht des Nachmittags, das irgendwie einen Weg ins Zimmer gefunden hatte, lag auf ihren Knien. Sie kam aus Montana. Als sie sich kennenlernten, hielt Niles sie für hilflos und nachgiebig, was ihn erregte, ja, sogar für dumm, aber er fand heraus, daß es nur eine ungeheure Distanziertheit war, die sie umgab, vielleicht aus ihrer Kindheit. Ihr Wesen zeigte sich in einfachen, unerwarteten Handlungen, wie bei einem Bauernjungen, der seine Kleider ablegt. Sie saß auf dem Sofa, einen Arm neben sich ausgestreckt. In der Armbeuge konnte er die lange, kräftige Arterie sehen, die sich bis zu ihrem Handgelenk zog. Sie lag fest und ohne Puls da.

Sie war verheiratet gewesen. Ihre Vergangenheit erstaunte

ihn. Ihr Körper wies keine Spuren davon auf, nicht einmal eine Erinnerung, so schien es. Alles, was sie gelernt hatte, war, alleine zu leben. Im Badezimmer lagen Seifenstücke mit eingestanzten Firmennamen, Seifenstücke, die nie naß gewesen waren. Es gab frische Handtücher, Blumen in einem blauen Glas. Das Bett war ebenmäßig und glatt. Bücher, Obst, in den Rahmen des Spiegels gesteckte Einladungen.

»Was hast du ihn wirklich gefragt?« sagte sie.

»Hast du Wein da?« sagte Nile. Während sie draußen war, sprach er mit lauterer Stimme weiter. »Er hat Angst vor mir. Er hat Angst vor mir, weil ich nichts erreicht habe.«

Er sah nach oben. Putz bröckelte von der Decke.

»Weißt du, was Cocteau gesagt hat«, rief er. »Es gibt eine Art von Ruhm, die schlimmer ist als das Versagen. Ich hab ihn gefragt, ob er seiner Meinung nach das Ganze wirklich verdient hätte.«

»Und was hat er gesagt?«

»Ich erinner mich nicht. Was ist das?« Er nahm ihr die Flasche aus meeresgrünem Glas aus der Hand. Das Etikett war fleckig. »Ein Pauillac. Ich erinner mich gar nicht. Hab ich den gekauft?«

»Nein.«

»Kam mir auch nicht so vor.« Er roch an ihm. »Sehr gut. Den hat dir wohl jemand geschenkt«, bemerkte er.

Sie füllte sein Glas.

»Hast du Lust, ins Kino zu gehen?« fragte er.

»Ich glaub nicht.«

Er sah auf den Wein.

»Nein?« sagte er.

Sie schwieg. Nach einem Moment sagte sie: »Ich kann nicht.«

Er begann die Buchtitel im Regal neben sich zu betrachten, viele davon hatte er nie gelesen.

»Wie geht es deiner Mutter?« fragte er. »Ich mag deine Mutter.« Er schlug eines der Bücher auf. »Schreibst du ihr?«

»Manchmal.«

»Weißt du, Viking ist an mir interessiert«, sagte er plötzlich. »Sie interessieren sich für meine Erzählungen. Sie wollen, daß ich *Liebesnächte* ein wenig ausbaue.«

»Die Erzählung habe ich immer gemocht«, sagte sie.

»Ich arbeite schon daran. Ich steh sehr früh auf. Sie wollen, daß ich ein Foto machen lasse.«

»Wen hast du bei Viking gesprochen?«

»Ich hab seinen Namen vergessen. Er hat, ähm ... dunkles Haar, ungefähr meine Größe. Wie hieß er doch gleich. Na ja, auch egal.«

Sie ging ins Schlafzimmer, um sich umzuziehen. Er wollte ihr folgen.

»Nein«, sagte sie.

Er setzte sich wieder. Er konnte vereinzelte alltägliche Geräusche hören, Schubladen, die aufgezogen und geschlossen wurden, dann wieder Stille. Es war, als packte sie.

»Wohin willst du?« rief er, die Augen auf den Boden gerichtet.

Sie bürstete sich das Haar. Er konnte das geschmeidige, rhythmische Streichen hören. Sie stand vor dem Spiegel, sie war sich seiner Anwesenheit nicht einmal bewußt. Er war wie ein Brief, der auf dem Tisch lag, der zur Hälfte gelesene Gogol, der Wein. Als sie aus dem Zimmer trat, konnte er sie nicht ansehen. Er saß zusammengesackt da, wie ein leidenschaftliches Kind.

»Jeanine«, sagte er. »Ich weiß, daß ich dich enttäuscht habe. Aber das mit Viking ist die Wahrheit.«

»Ich weiß.«

»Ich werde hart arbeiten ... Mußt du gerade jetzt gehen?«

»Ich bin schon zu spät dran.«

»Nein, bist du nicht«, sagte er. »Bitte.«

Sie konnte nicht antworten.

»Na ja, ich muß sowieso nach Hause und arbeiten«, sagte er. »Wohin gehst du?«

»Um elf bin ich wieder da«, sagte sie. »Warum rufst du mich nicht an?«

Sie versuchte, sein Haar zu berühren.

»Da ist noch Wein«, sagte sie. Sie glaubte nicht mehr an ihn. An Dinge, die er sagte, ja, aber nicht mehr an ihn. Sie hatte das Vertrauen verloren.

»Jeanine ...«

»Auf Wiedersehen, Nile«, sagte sie. So, wie sie Telefongespräche beendete.

Sie ging in die Neunziger zum Dinner in einem Apartment, in dem sie noch nicht gewesen war. Ihre Arme waren nackt. Ihr Gesicht wirkte sehr jung.

Als sich die Tür hinter ihr schloß, ergriff ihn Panik. Er war plötzlich außer sich. Seine Gedanken schienen fortzufliegen, auseinanderzustieben wie Vögel. Es war eine todesähnliche Stunde. Im Fernsehen beantworteten Journalisten komplexe Fragen. Die Straßen waren still. Er begann ihre Sachen zu durchsuchen. Zuerst die Schränke. Die Schubladen. Er fand ihre Briefe. Er setzte sich hin, um sie zu lesen, Briefe von ihrem Bruder, ihrem Anwalt, von Leuten, die er nicht kannte. Er begann alles herauszuziehen, Hemden, Unterwäsche, lange Schlingpflanzen, die Strümpfe waren. Er kickte ihre Schuhe beiseite, schüttete Kästchen aus. Er zerriß ihre Halsketten, Stücke regneten zu Boden. Die Wildheit, die Hemmungslosigkeit eines Mörders erfüllte ihn. Während sie dort in den Neunzigern saß, manchmal ein paar Worte sagte, die Männer neben ihr unsicher, bemüht, ihren Blick zu halten, peitschte er sie wie einen jaulenden Hund von Zimmer zu Zimmer, preßte sie gegen Wände, zerriß ihre Kleider. Sie stolperte, weinte, er fühlte das Entsetzliche dessen, was er tat. Er hatte kein Recht dazu – wieso rechtfertigte das alles?

Er war schweißgebadet, atemlos, er hatte Angst zu bleiben. Er schloß leise die Tür. Im Flur stapelten sich alte Zeitungen, aus anderen Wohnungen hörte man schwache Geräusche, Kinder, die von Besorgungen aus dem Laden unten zurückkehrten.

Auf der Straße sah er auf allen Seiten, in dunkler werdenden Fenstern, in Spiegelungen – als wäre es ihm plötzlich sichtbar geworden –, eine Art Chaos. Es hieß ihn willkommen, applaudierte ihm. Die riesigen Reifen von Bussen dröhnten an ihm vorüber. Es war die letzte Stunde vor Einbruch der Dunkelheit. Er fühlte die Einsamkeit des Verbrechens. Er stellte sich, wie ein Süchtiger, in eine Telefonzelle. Seine Beine waren schwach. Nein, unter der Schwäche verbarg sich etwas anderes. Einen Moment lang entdeckte er in sich ungekannte Tiefen, er sprühte vor Bildern. Es schien, als würde er die Blicke vorbeigehender Frauen auf sich ziehen. Sie erkennen mich, dachte er, sie riechen mich im Dunkeln wie Stuten. Er lächelte sie mit den aufgesprungenen Lippen des Draufgängers an. Sie waren ihm nicht wichtig, wichtig war nur die Macht zu beunruhigen. Er machte sich ihre Liebe zu eigen, eine dumme Liebe, eine Liebe, ohne die er nicht atmen konnte.

Es war spät, als er nach Hause kam. Er schloß die Tür. Dunkelheit. Er drehte das Licht an. Er hatte nicht das Gefühl, dort hinzugehören. Er sah sich im Badezimmerspiegel an. Über ihm befand sich ein Oberlicht, die Scheiben waren schwarz. Er saß unter dem kleinen Aktfoto eines Mädchens, mit dem er einmal zusammengelebt hatte, die Ränder rollten sich nach innen, und begann zu spielen, das G klemmte, das Klavier war verstimmt. In der Musik von Bach gab es nicht nur Ordnung und Zusammenhang, vielmehr einen Kode, eine Wiederholung, auf der alles beruhte. Nach einer Weile fühlte er ein Hämmern unter seinen Füßen, der Besen des Idioten aus der Wohnung unter ihm. Er spielte weiter. Das Hämmern wurde lauter. Wenn er ein Auto hätte ... Der Gedanke überkam ihn plötzlich, als wäre es die eine Sache, nach der er in Gedanken gesucht hatte: ein Auto. Er würde aus der Stadt rasen, um sich bei Morgendämmerung auf endlosen Landstraßen wiederzufinden. Vermont, nein, weiter, Newfoundland, wo die Küste noch unberührt war. Das war es, ein Auto, er sah es klar vor sich. Er sah es bei Tagesanbruch im weichen Licht stehen, die Karosserie von der Fahrt verschmutzt, eine leicht angeschlagene Karosserie, die einen schrecklichen frühen Unfall überstanden hatte.

Alles ist Zufall, oder nichts ist Zufall. An diesem Abend traf Jeanine einen Mann, der sich, wie er sagte, danach sehnte, etwas unendlich Großmütiges zu tun, wie Genet, als er sein Haus einem früheren Geliebten schenkte.

»Hat er das gemacht?« fragte sie.

»So sagt man.«

Es war P. Der Raum war voller Menschen, und er redete mit ihr, ganz natürlich, als hätten sie sich schon einmal getroffen. Sie überlegte nicht, was sie sagen sollte, sie mußte nichts sagen. Er war sehr nah. Die zarten Fältchen auf seiner Stirn waren zu sehen, Fältchen, die sich noch nicht eingegraben hatten.

»Großzügigkeit läutert«, sagte er. Später würde er ihr sagen, daß Worte nichts Zufälliges hätten, Zusammenstellung und Auswahl seien wie eine andere Stimme, eine Stimme, die alles offenbarte. Das Vokabular sei wie ein Fingerabdruck, sagte er, wie eine Handschrift, wie der Körper, der die unsichtbare Seele offenlegte, die er ausdrückte.

Sein Gesicht war dunkel, seine Züge ausgeprägt. Er gehörte einer anderen, einer mysteriösen Rasse an. Sie war sich bewußt, wie anders ihr eigenes Gesicht war, der breite Mund, die grauen Augen, langsam, neugierig, klar wie ein Strom. Sie war sich auch bewußt, daß das Kleid, das sie trug, die Tiefe der Sessel, die Ausmaße des Zimmers, das jetzt im Abend dahintrieb, daß all dies ein Eintauchen in den Fluß eines großen Lebens war. Ihr Herz schlug langsam, aber kräftig. Sie hatte sich selbst noch nie zuvor so sicher gefühlt, so erstaunt über die Leichtigkeit, mit der sich ihr alles öffnete.

»Ich bin mißtrauisch und selbstsüchtig«, sagte er. Er begann seine Geständnisse. »Das weiß ich.« Später erzählte er ihr, daß er sich in seinem ganzen Leben nur eine Stunde frei gefühlt habe, und diese Stunde sei immer die mit ihr gewesen.

Sie stellte keine Fragen. Sie erkannte ihn. In ihrer Wohnung brannte das Licht. Die Luft der Stadt, bitter wie Säure, war völlig still. Sie atmete sie nicht. Sie atmete eine andere Luft. Sie hatte bisher noch nicht einmal gelächelt. Er sagte ihr später, daß dies das Machtvollste von allem gewesen sei, was ihn angezogen habe. Ihre Brüste, sagte er, seien wie die schwarzer Stammesmädchen in der *National Geographic*.

DIE ZERSTÖRUNG DES GOETHEANEUMS

Er traf die junge Frau im Garten, sie stand allein da, eine Freundin des Schriftstellers William Hedges, zu der Zeit noch unbekannt, aber selbst Kafka hatte in der Namenlosigkeit gelebt, sagte sie, und auch Mendel, vielleicht meinte sie Mendelejew. Sie wohnten in einem kleinen Hotel auf der anderen Seite des Rheins. Niemand schien es finden zu können, sagte sie.

Die Strömung war an dieser Stelle sehr stark, die Oberfläche voller Leben. Sie trug Dinge mit sich fort, Holzstücke und Äste. Sie drehten sich, gingen unter, tauchten wieder auf. Manchmal trieben Möbelstücke vorbei, Leitern, Fenster. Einmal im Regen ein Stuhl.

Sie wohnten in demselben Zimmer, aber es war vollkommen platonisch. An ihrer Hand trug sie, wie er bemerkte, keinen Ring oder irgendeinen Schmuck. Ihre Handgelenke waren bloß.

»Er kann nicht allein sein«, sagte sie. »Er ringt mit seiner Arbeit.« Es war ein Roman, er war noch lange nicht fertig, aber einzelne Teile waren außergewöhnlich. Ein Fragment war in Rom veröffentlicht worden. »Er heißt *Das Goetheaneum*«, sagte sie. »Wissen Sie, was das ist?«

Er versuchte, sich zu erinnern, während sich das seltsame Wort bereits in seinen Gedanken auflöste. Die Lichter im Innern des Hauses tauchten langsam im blauen Abend auf.

»Es ist das Buch seines Lebens.«

Das Hotel, von dem sie gesprochen hatte, war klein mit kleinen Zimmern und gelben Buchstaben, die sich über die Fassade zogen. Es gab viele solcher Häuser. Wenn man an der kühlen Seitenwand der Kathedrale stand, konnte man es unten, ein wenig flußabwärts, zwischen den anderen stehen sehen. Es spiegelte sich in den Schaufenstern von Antiquitätengeschäften, man sah es durch Gassen.

Zwei Tage später sah er sie von weitem. Sie war unverkennbar. Sie bewegte sich mit einer Art nachlässiger Anmut, wie eine Tänzerin, deren Karriere zu Ende ist. Die Leute beachteten sie nicht.

»Oh«, begrüßte sie ihn. »Ja, hallo.«

Ihre Stimme wirkte etwas vage. Er war sich sicher, daß sie ihn nicht wiedererkannte. Er wußte nicht genau, was er sagen sollte.

»Ich habe über ein paar der Dinge nachgedacht, die Sie mir erzählt haben ...«, begann er.

Sie stand da, Leute drängten an ihr vorbei, die Arme voller Pakete. Es war heiß auf der Straße. Sie wußte nicht, wer er war, dessen war er sich sicher. Sie erledigte einfache Besorgungen, die eines fernen und geheiligten Paars.

»Verzeihen Sie«, sagte sie. »Ich bin nicht ganz bei mir.«

»Wir haben uns bei Sarrens gesehen«, erklärte er.

»Ja, ich weiß.«

Es folgte ein Schweigen. Er wollte ihr etwas ganz Einfaches sagen, aber sie verhinderte es.

Sie war im Museum gewesen. Wenn Hedges arbeitete, mußte er allein sein, manchmal, wenn sie zurückkam, fand sie ihn schlafend auf dem Boden.

»Er ist verrückt«, sagte sie. »Jetzt glaubt er, daß es Krieg geben wird. Es wird alles zerstört werden.«

Ihre eigenen Worte schienen sie nicht zu interessieren. Der Menschenstrom zog sie mit.

»Kann ich Sie ein Stück begleiten?« fragte er. »Gehen Sie in Richtung Brücke?«

Sie sah in beide Richtungen.

»Ja«, entschied sie.

Sie gingen die schmalen Straßen hinunter. Sie sagte nichts. Sie blickte in Schaufenster. Sie hatte einen Mund mit nach unten gezogenen Mundwinkeln, den Mund eines Dienstmädchens, eines Mädchens aus einer kleinen Stadt. »Interessieren Sie sich für Malerei?« hörte er sie sagen.

»Ja.«

Im Museum gab es Bilder von Holbein und Hodler; El Greco, Max Ernst. Die Stille langer Säle. In ihnen verstand man, was Größe bedeutete.

»Wollen Sie morgen hingehen?« sagte sie. »Nein, morgen haben wir etwas vor. Vielleicht den Tag darauf?«

An dem Tag wachte er früh auf, bereits nervös. Das Zimmer wirkte leer. Der Himmel war von gelbem Licht erfüllt. Die Oberfläche des Flusses, gesäumt von Steinmauern, glühte. Das Wasser strömte in weißglänzenden Fragmenten dahin, wenn man hineinsah, wurde man geblendet.

Gegen neun war der Himmel blasser geworden, der Fluß war jetzt ein gebrochenes Silber. Um zehn war er braun, die Farbe von Suppe. Kähne und altmodische Dampfer arbeiteten sich langsam flußaufwärts oder glitten schnell hinab. Hinter den Brückenpfeilern zeichnete sich ein kleines Kielwasser ab. Ein Fluß ist die Seele einer Stadt, die nur durch Wasser und Luft gereinigt werden kann. In Basel verläuft der Rhein zwischen gut befestigten Steinufern. Die Bäume sind sorgfältig gestutzt, dahinter verborgen stehen die alten Häuser.

Er suchte sie überall. Er überquerte die Rheinbrücke, achtete auf jedes Gesicht, ging auf dem Markt durch die Menschenmenge. Er suchte bei den Ständen. Frauen kauften Blumen, sie stiegen in Straßenbahnen und saßen mit den

Sträußen auf dem Schoß. Im Börsenrestaurant aßen dicke Männer, ihre kleinen Ohren lagen eng am Kopf. Sie war nirgends zu finden. Er betrat sogar die Kathedrale, er glaubte einen Moment, sie dort wartend vorzufinden. Es war niemand darin. Die Stadt wurde zu Stein. Die reine Stunde Sonnenlichts war vorüber, es war nichts geblieben als ein flammender Nachmittag, der seine Füße verbrannte. Die Uhren schlugen drei. Er gab es auf und kehrte in sein Hotel zurück. In seinem Fach lag eine abgerissene Ecke von einem weißen Blatt Papier. Es war eine Nachricht, sie würde ihn um vier treffen.

Erregt legte er sich hin, um nachzudenken. Sie hatte es nicht vergessen. Er las den Zettel noch einmal. Würden sie sich wirklich heimlich treffen? Er war sich nicht sicher, was das bedeutete. Hedges war vierzig, er hatte fast keine Freunde, seine Frau war irgendwo daheim in Connecticut, er hatte sie verlassen, er hatte der Vergangenheit den Rücken gekehrt. Wenn er nicht groß war, so folgte er doch dem Pfad der Größe, was einer Katastrophe gleichkam, und er besaß die Macht, jemanden dazu zu bringen, sich ihm ganz zu widmen. Sie war ständig um ihn. Er läßt mich nie aus den Augen, beschwerte sie sich. Nadine: es war ein Name, den sie selbst gewählt hatte.

Sie kam spät. Es war schließlich fünf Uhr, als sie zum Tee gingen; Hedges war damit beschäftigt, englische Zeitungen zu lesen. Sie saßen an einem Tisch mit Blick auf den Fluß, die Karten in ihren Händen waren lang und schmal wie Flugtickets. Sie wirkte sehr ruhig. Er wollte sie immerzu ansehen. *Hummersalat*, gelang es ihm irgendwie zu lesen, *Rumpsteak*. Sie habe großen Hunger, kündigte sie an. Sie war im Museum gewesen, die Gemälde machten sie heißhungrig.

»Wo waren Sie denn?« sagte sie.

Plötzlich wurde ihm klar, daß sie ihn erwartet hatte. Junge Paare schlenderten durch die Museumsflügel, die Beine vom Sonnenlicht gebadet. Sie war zwischen ihnen herumgewandert. Sie wußte genau, was sie taten: sie bereiteten sich auf die Liebe vor. Seine Augen glitten weg.

»Ich sterbe vor Hunger«, sagte sie.

Sie bestellte Spargel, dann eine Gulaschsuppe und danach einen Kuchen, den sie nicht ganz aufaß. Ihm kam der Gedanke, daß sie vielleicht kein Geld hatten, sie und Hedges, daß dies ihre einzige Mahlzeit an diesem Tag war.

»Nein«, sagte sie. »William hat eine Schwester, die mit einem sehr reichen Mann verheiratet ist. Von der kann er Geld kriegen.«

Er glaubte, einen leichten Akzent zu erkennen. Kam sie aus England?

»Ich bin in Genua geboren«, erzählte sie ihm.

Sie zitierte ein paar Zeilen von Valéry, die, wie er später herausfand, nicht ganz richtig waren. *Nachmittage, vom Wind zerrissen, die stechende See …* Sie liebte Valéry. Er war Antisemit, sagte sie.

Sie beschrieb einen Ausflug nach Dornach, vierzig Minuten mit der Straßenbahn, dann, vom Bahnhof aus, ein langer Fußmarsch, sie hatte dort mit Hedges gestanden und sich mit ihm gestritten, welchen Weg sie einschlagen sollten, es regte sie immer auf, daß er keinerlei Orientierungssinn hatte. Es ging bergauf, er war bald außer Atem.

Dornach war der Ort, den der Lehrer Rudolf Steiner zum Mittelpunkt seines Reiches erwählt hatte. Es war sein Traum gewesen, dort, unweit von Basel, noch hinter den ruhigen Vororten eine Gemeinde zu gründen, mit einem großen zentralen Gebäude, das nach Goethe benannt werden sollte, dessen Ideen es inspiriert hatten, und im Jahre 1913 wurde schließlich der Grundstein gelegt. Der Entwurf stammte von Steiner selbst, auch alle Details, die Technik, die Malereien, die spezielle Gravur des Glases. Er bestimmte die Bauweise und Form.

Es sollte ganz aus Holz gebaut werden, mit zwei riesigen, sich überschneidenden Kuppeln, allein die Linie dieser Kurvenführung war eine mathematische Sensation. Steiner glaubte nur an Rundungen, nirgendwo gab es rechte Winkel. Kleine helmartige Gauben umfaßten die Fenster und Türen. Alles war aus Holz, alles außer dem glänzenden norwegischen Schiefer, der das Dach bedeckte. Die frühesten Fotos zeigten es umstellt von Gerüsten wie ein großes Denkmal, im Vordergrund waren Haine von Apfelbäumen. Der Bau wurde von Menschen aus aller Welt ausgeführt, viele von ihnen hatten dafür Arbeit und Karriere aufgegeben. Im Frühjahr 1914 war der Dachstuhl fertig, und während sie noch arbeiteten, brach der Krieg aus. Aus den nahegelegenen französischen Provinzen konnte man den Kanonendonner hören. Es war der heißeste Monat des Sommers.

Sie zeigte ihm das Foto eines großen brütenden Gebäudes.

»Das Goetheaneum«, sagte sie.

Er schwieg. Die Dunkelheit des Bildes, die Resonanz der Kuppeln begannen, sich seiner zu bemächtigen. Er gab sich dem hin wie dem Spiegel eines Hypnotiseurs. Er spürte, wie er der Wirklichkeit entglitt. Er kämpfte nicht. Er sehnte sich danach, die Finger zu küssen, die die Postkarte hielten, die schlanken Arme, die Haut, die wie Zitronen duftete. Er spürte, wie er zitterte, er wußte, daß sie es sehen konnte. So saßen sie da, ihr Blick war ruhig. Er tauchte in die graue, die Wagnerische Atmosphäre des Fotos ein, die sie ihm jeden Augenblick wie eine Streichholzschachtel, die man schließt, entziehen und in ihre Tasche zurückstecken konnte. Die Fenster glichen einem alten Hotel irgendwo in Zentraleuropa. In Prag. Die Formen sangen. Es war eine Festung, ein Bahnhof, ein Observatorium, von dem man in die Seele blicken konnte.

»Wer ist Rudolf Steiner?« fragte er.

Er hörte ihre Erklärung kaum. Er geriet in einen rauschhaften Zustand. Steiner war ein großer Lehrer, ein Gelehrter, der glaubte, daß sich in der Kunst tiefe Erkenntnis offenbarte. Er glaubte an Bewegung und Mysterienspiele, Rhythmus, schöpferische Kraft, die Sterne. Natürlich. Und irgendwie hatte sie sich all das angeeignet. Sie war zum Impresario von Hedges Leben geworden.

Es war Hedges gewesen, der Joyce-Anbeter, der zerzauste Geist auf literarischen Partys, der sie gefunden hatte. Er war zuerst sehr distanziert. An dem Abend, an dem sie sich kennenlernten, sprach er kaum ein Wort mit ihr. Sie lebte damals noch nicht lange in New York. Sie wohnte in der Zwölften Straße in einem Zimmer ohne Möbel. Am nächsten Tag klingelte das Telefon. Es war Hedges. Er lud sie zum Mittagessen ein. Er habe von Anfang an genau gewußt, wer sie sei, sagte er. Er rief aus einer Telefonzelle an, der Verkehr donnerte vorbei.

»Können wir uns bei *Haroot's* treffen?« sagte er.

Sein Haar war ungekämmt, seine Finger zitterten. Er saß an der Wand, zu nervös, um etwas anderes anzusehen als seine Hände. Sie wurde seine Gefährtin.

Sie verbrachten lange Tage zusammen, sie durchstreiften die Stadt. Er trug Hemden in der Farbe von blauer Tinte, er kaufte ihr Kleider. Er war unglaublich großzügig, Geld schien ihm nichts zu bedeuten, es zerkrumpelte in seinen Taschen wie altes Papier, wenn er Dinge bezahlte, fiel es auf den Boden. Er ließ sie in Restaurants kommen, in denen er mit seiner Frau saß, und sie mußte sich an die Bar setzen, damit er sie sehen konnte, während sie aßen.

Langsam begann er, sie in eine andere Welt einzuführen, eine Welt, die jede Öffentlichkeit verschmähte, eine Welt, die reicher war als die, die sie kannte, bestimmte okkulte Bücher, Philosophien, sogar Musik. Sie entdeckte, daß sie ein Talent dafür besaß, einen Instinkt. Sie gewann eine Art Macht über sich selbst. Es gab Zeiten tiefer Zuneigung zwischen ihnen, Zeiten heiteren Glücks. Sie saßen in dem Haus eines Freundes und hörten Scriabin. Sie aßen im *Russian Tea Room*, die Kellner kannten ihn beim Namen. Hedges tat etwas Außergewöhnliches, er schloß ihr Leben an einen neuen Kreislauf an. Auch er hatte eine neue Existenz: er wurde endlich zum Verbrecher. Nach einem Jahr gingen sie nach Europa.

»Er ist intelligent«, erklärte sie. »Man spürt es sofort. Sein Geist berührt alles.«

»Seit wann sind Sie mit ihm zusammen?«

»Seit ewig«, sagte sie.

Sie gingen in jener einen sterbenden Stunde, die den Tag beschließt, zu Fuß zurück in Richtung ihres Hotels. Die Bäume am Fluß waren schwarz wie Stein. *Wozzeck* wurde in der Oper gegeben, später *Die Zauberflöte*. In den Geschäften mit alten Stichen gab es Stadtpläne und Zeichnungen der berühmten Brücke, wie sie zur Zeit Napoleons ausgesehen hatte. Die Ufer waren bedeckt von neugeprägten Münzen. Sie war merkwürdig still. Einmal blieben sie vor einem Restaurant mit einem Fischbecken stehen, in dem sich mächtige gesprenkelte Forellen drängten, größer als Schuhe. Sie lagen im grünen Wasser, ihre Mäuler arbeiteten langsam. Er sah ihr Gesicht in der Scheibe, wie das einer Frau in einem

Zug, gleichgültig, allein. Ihre Schönheit richtete sich auf niemanden. Sie schien ihn nicht zu sehen, sie war in Gedanken verloren. Dann, kalt und ohne ein Wort, trafen ihre Augen die seinen. Sie wichen seinen nicht aus. In diesem Moment erkannte er, daß sie alles wert war.

Sie hatten es nicht leicht gehabt. Die Vernunft ist den Problemen der Menschen nicht gewachsen, sagte Hedges. Seine Frau hatte irgendwie Zugang zu seinem Bankkonto bekommen, nicht, daß viel Geld darauf war, aber sie hatte eine Nase wie ein Frettchen, sie tat andere Einkünfte auf, die ihm hätten zukommen können. Auch war er sicher, daß seine Briefe an seine Kinder nicht ankamen. Er mußte ihnen in die Schule schreiben und unter der Adresse von Freunden. Das Hauptproblem war allerdings immer das Geld. Es erdrückte sie. Er schrieb Artikel, aber sie ließen sich nur schwer verkaufen, er war unfähig, über aktuelle Themen zu schreiben. Er schrieb etwas über Giacometti, mit vielen eindringlichen Zitaten, die allesamt erfunden waren. Er versuchte alles. Gleichzeitig schienen rechts und links junge Männer Drehbücher zu schreiben oder andere Sachen für Unsummen zu verkaufen.

Hedges war allein. Die Männer in seinem Alter hatten sich einen Namen gemacht, an ihm ging alles vorüber. Zumindest empfand er das oft so. Er kannte das Leben von Cervantes, Stendhal, Italo Svevo, aber keines davon war so unsäglich wie sein eigenes. Und wo immer sie hingingen, mußten sie seine Hefte und Papiere mitnehmen. Nichts ist schwerer als Papier.

In Grasse hatte er Probleme mit den Zähnen, etwas war mit den Wurzeln unter den alten Füllungen nicht in Ordnung. Es ging ihm schlecht, sie mußten einem französischen Zahnarzt fast jeden Pfennig geben, den sie besaßen. In Venedig wurde er von einer Katze gebissen. Er bekam eine schreckliche Infektion, sein Arm schwoll zu seiner zweifachen Größe an, es schien, als würde die Haut zerplatzen. Die *cameriera* erzählte ihnen, Katzen hätten Gift im Mund wie Schlangen, dasselbe sei ihrem Sohn passiert. Die Bisse seien immer tief, sagte sie, das Gift dringe in die Blutbahn. Hedge litt Qualen, er konnte nicht schlafen. Vor fünfzig Jahren wäre es viel schlimmer gewesen, sagte ihnen der Arzt. Er betastete eine unbestimmte Stelle oben an seiner Schulter. Hedges war zu schwach, um zu fragen, wozu das gut sei. Zweimal am Tag kam eine Frau mit einer Spritze in einem zerbeulten Blechkasten und gab ihm Injektionen. Das Fieber stieg. Er konnte nicht mehr lesen. Er wollte ein paar letzte Dinge diktieren, Nadine schrieb sie auf. Er bestand darauf, mit ihrem Foto auf dem Herzen begraben zu werden, sie mußte ihm versprechen, es aus ihrem Paß zu reißen.

»Wie soll ich dann nach Hause kommen?« hatte sie gefragt. Unter ihnen strömte der große Fluß fast lautlos im Sonnenlicht. Das Leben der Künstler war letztlich doch schön, selbst die schrecklichen Auseinandersetzungen über Geld, die leeren Abende. Außerdem war Hedges während der ganzen Zeit nie hilflos gewesen. Er lebte ein Leben und stellte sich zehn andere vor, er konnte immer in einem von ihnen Zuflucht finden.

»Aber ich bin es müde«, gestand sie. »Er ist egoistisch. Er ist ein Kind.«

Sie sah nicht aus wie eine Frau, die gelitten hatte. Ihre Kleider waren seidenglatt. Ihre Zähne waren weiß. Auf den Wegen unten am Fluß aßen Paare zu Mittag, die Mädchen hatten die Schuhe ausgezogen, ihre Füße lagen auf der abschüssigen Böschung. Sie warfen Brotkrumen ins Wasser.

Die Entwicklung des Individuums habe ihren Gipfel erreicht, glaubte Hedges, das sei die wesentliche Erkenntnis unserer Zeit. Eine neue Richtung müsse gefunden werden. Er glaubte allerdings nicht an irgendeinen Kollektivismus. Das sei eine Sackgasse. Er war sich noch nicht sicher, was der Weg sein würde. Seine Schriften würden es offenbaren, aber er arbeitete gegen die Zeit, gegen eine Flut von Ereignissen, er war im Exil, wie Trotzki. Unglücklicherweise gab es niemanden, der ihn töten würde. Es war egal, seine Zähne würden das am Ende besorgen, sagte er.

Nadine starrte ins Wasser.

»Dort unten gibt es Unmengen von Aalen«, sagte sie.

Er folgte ihrem Blick. Die Oberfläche war undurchdringbar. Er versuchte, einen einzigen schwarzen Schatten zu entdecken, der sich durch sein Schlängeln verriet.

»Wenn die Paarungszeit kommt«, erzählte sie ihm, »ziehen sie zum Meer.«

Sie beobachtete das Wasser. Wenn die Zeit käme, spürten sie es irgendwie, sie glitten am Morgen über Wiesen, glänzend wie Tau. Sie war vierzehn, erzählte sie ihm, als ihre Mutter ihre Lieblingspuppe zum Fluß hinuntertrug und hineinwarf, die Kleinmädchentage seien vorbei.

»Was soll ich hineinwerfen?« fragte er.

Sie schien ihn nicht zu hören. Dann sah sie auf.

»Meinen Sie das ernst?« sagte sie schließlich.

Sie wollte, daß sie zusammen zu Abend aßen, würde Hedges etwas bemerken? Er versuchte, nicht darüber nachzudenken oder sich beunruhigen zu lassen. In jeder Literatur gab es Szenen dieses Moments, aber dennoch konnte er sich nicht vorstellen, wie es sein würde. Ein großer Schriftsteller könnte sagen, ich weiß, ich kann sie nicht halten, aber würde er es wagen, sie aufzugeben? Hedges, die Zähne voller Löcher und all die Jahre, die auf seinen ungeschriebenen Büchern lasteten?

»Ich schulde ihm so viel«, hatte sie gesagt.

Dennoch, es war schwierig, dem Abend ruhig entgegenzusehen. Um fünf Uhr war er voller Nervosität, er spielte Patience in seinem Zimmer, las mehrmals dieselben Artikel in der Zeitung. Es schien, als hätte er vergessen, wie man über Dinge sprach, er war sich seines Gesichtsausdrucks bewußt, nichts, was er tat, wirkte natürlich. Die Person, die er gewesen war, hatte sich irgendwie aufgelöst, es war unmöglich, eine neue zu erschaffen. Alles war unmöglich, er stellte sich ein Essen vor, bei dem er gedemütigt würde, betrogen.

Um sieben Uhr, aus Angst, das Telefon könnte jeden Moment klingeln, fuhr er mit dem Fahrstuhl hinunter. Der Blick in den Spiegel beruhigte ihn, er wirkte normal, er wirkte ruhig. Er berührte sein Haar. Sein Herz hämmerte. Er sah sich noch einmal an. Die Tür ging auf. Er trat hinaus, halb erwartete er, sie dort zu sehen. Es war niemand da. Er blätterte die Seiten der Zürcher Zeitung durch, ein Auge auf die Tür gerichtet. Schließlich schaffte er es, sich in einen der Sessel zu setzen. Er fühlte sich unbequem darin. Er erhob sich. Es war zehn nach sieben. Zwanzig Minuten später setzte ein alter Citroën mit lautem Scherbenkrachen rückwärts direkt in den Kühlergrill eines Mercedes, der auf der Straße parkte. Der Concierge und der Empfangschef rannten nach draußen. Überall lagen Splitter. Der Fahrer des Citroëns öffnete die Tür.

»Gott noch mal«, murmelte er und sah sich um.

Es war William Hedges. Allein.

Sie fingen alle gleichzeitig an zu reden. Der Besitzer des Mercedes, dessen Scheinwerfer geblendet worden waren, war zum Glück nicht da. Ein Polizist kam die Straße herauf auf sie zu.

»Na ja, so schlimm ist es nicht«, sagte Hedges. Er untersuchte seinen Wagen. Die Rücklichter waren zersplittert. Der Kofferraum hatte eine Delle.

Nach vielen Diskussionen durfte er schließlich das Hotel betreten. Er trug ein gestreiftes Baumwolljackett und ein tintenfarbenes Hemd. Er hatte ein weißes Gesicht, feucht von Schweiß, das Gesicht eines unbeliebten Schuljungen, hohe Stirn, ausdünnendes Haar, einen weichen Bart mit einem Hauch Grau darin, der Bart eines Entdeckungsreisenden, eines Mannes, der seine Socken im Amazonas wäscht.

»Nadine kommt ein bißchen später nach«, sagte er.

Als er nach einem Drink griff, zitterte seine Hand.

»Mein Fuß ist von der Bremse gerutscht«, erklärte er. Er zündete sich schnell eine Zigarette an. »Die Versicherung zahlt das doch, oder? Wahrscheinlich nicht.«

Er schien an einem Halt angekommen zu sein, die erste vieler langer Pausen, während derer er in seinen Schoß starrte. Dann, als wäre es die Frage, nach der er verzweifelt gesucht hatte, sagte er gequält: »Was ... halten Sie von Basel?«

Der Ober hatte sie einander gegenüber am Tisch plaziert, zwischen ihnen der leere Stuhl. Seine Gegenwart schien auf Hedges zu lasten. Er bestellte einen weiteren Drink. Als er sich umdrehte, warf er ein Glas um. Dies Mißgeschick schien ihn irgendwie zu erleichtern. Der Kellner tupfte mit einer Serviette das nasse Tischtuch ab. Hedges redete um ihn herum.

»Ich weiß nicht genau, was Ihnen Nadine erzählt hat«, sagte er mit leiser Stimme. Eine lange Pause. »Sie erzählt manchmal ... die phantastischsten Lügen.«

»Ach ja?«

»Sie kommt aus einer kleinen Stadt in Pennsylvania«, murmelte Hedges. »Julesberg. Sie war nie ... sie war nur ein ... ganz gewöhnliches Mädchen, als wir uns kennenlernten.« Sie waren nach Basel gekommen, um bestimmte Institutionen aufzusuchen, erklärte er. Es sei eine ... interessante Stadt. Die Geschichte besäße bestimmte Orte, die Schauplätze seien für historische Wendepunkte, und das Dorf Dornach sei Beweis für etwas ... Der Satz blieb unvollendet. Rudolf Steiner habe Goethe studiert ...

»Ja, ich weiß.«

»Natürlich. Nadine hat Ihnen davon erzählt, nicht wahr?«

»Nein.«

»Verstehe.«

Schließlich begann er wieder über Goethe zu sprechen. Die Fülle seines Geistes, sagte er, sei so außergewöhnlich gewesen, daß es ihm möglich war – wie Leonardo vor ihm –, das gesamte menschliche Wissen seiner Zeit in sich zu vereinen. Das allein schon impliziere einen ... alles umfassenden Zusammenhang, und die Tatsache, daß nach ihm kein Mensch mehr dazu fähig gewesen sei, könne durchaus bedeuten, daß es den Zusammenhang nicht mehr gebe, daß er sich aufgelöst habe ... Das Meer des Wissens sei über die Ufer getreten.

»Wir stehen am Rande«, sagte Hedges, »radikaler Veränderungen im Schicksal der Menschen. Diejenigen, die sie offenbaren ...«

Die Worte, mit gequälter Langsamkeit gesprochen, schienen endlos viel Zeit zu beanspruchen. Sie waren eine List, ein Täuschungsmanöver. Es war schwierig, sie bis zum Ende anzuhören.

»... wird man in Stücke reißen wie Galileo.«

»Glauben Sie das wirklich?«

Wieder eine lange Pause.

171

»O, ja.«

Sie bestellten noch einen Drink.

»Ich nehme an, wir sind ein wenig merkwürdig, Nadine und ich«, sagte Hedges wie zu sich selbst.

Der Zeitpunkt war gekommen.

»Ich glaube nicht, daß sie eine sehr glückliche Frau ist.«

Es folgte ein Moment der Stille.

»Glücklich?« sagte Hedges. »Nein, sie ist nicht glücklich. Sie ist nicht fähig, glücklich zu sein. Ekstasen. Sie ist ekstatisch. Das sagt sie mir jeden Tag«, sagte er. Er legte die Hand an die Stirn, halb über die Augen. »Sehen Sie, Sie kennen sie überhaupt nicht.«

Sie würde nicht kommen, das war plötzlich klar. Es würde kein Essen geben.

Er hätte etwas sagen sollen, es endete zu unbestimmt. Zehn Minuten später war Hedges fort, er hinterließ eine peinliche weiße Fläche und drei Gedecke, ihm fiel ein, was er hätte verlangen sollen: Ich will mit ihr reden.

Alle Türen hatten sich geschlossen. Er fühlte sich elend, er konnte sich niemanden mit Schwächen, mit Unzulänglichkeiten wie den seinen vorstellen. Er hatte vorgehabt, diesen Mann niederzumachen, und es wurde zu einem Monolog – wahrscheinlich lachten sie gerade in diesem Moment darüber. Das Ganze war demütigend gewesen. Der Fluß bewegte sich unter seinem Fenster, selbst in der Dunkelheit konnte man die Strömung erkennen. Er stand da und sah hinab. Er ging umher und versuchte, sich zu beruhigen. Er lag auf dem Bett, es schien, als zitterten seine Glieder. Er verabscheute sich. Schließlich wurde er ruhig.

Er hatte gerade die Augen geschlossen, als in der Leere des Zimmers das Telefon klingelte. Es klingelte wieder. Ein drittes Mal. Natürlich! Er hatte es erwartet. Sein Herz machte einen Satz, als er den Hörer aufnahm. Er versuchte, ruhig hallo zu sagen. Eine Männerstimme antwortete. Es war Hedges. Er war voller Demut.

»Ist Nadine bei Ihnen?« brachte er heraus.

»Nadine?«

»Bitte, könnte ich sie sprechen?« sagte Hedges.

»Sie ist nicht hier.«

Es folgte ein Schweigen. Er konnte Hedges' hilfloses Atmen hören. Es schien endlos.

»Hören Sie«, begann Hedges, seine Stimme war weniger mutig. »Ich will nur einen Moment mit ihr reden, das ist alles ... ich bitte Sie ...«

Sie war also irgendwo in der Stadt, er lief hinaus, um sie zu finden. Er überlegte sich nicht, wo sie sein könnte. Irgendwie hatte sich die Nacht ihm zugewandt, alles veränderte sich. Er ging, er lief durch die Straßen, er hatte Angst, zu spät zu kommen.

Es war fast Mitternacht, Leute kamen aus dem Theater, das *Café des Casinos* war voller Leben. Ein Meer aus verdeckten und halbverdeckten Gesichtern, die Kellner standen immer so, daß jemand hinter ihnen verborgen sein konnte, er durchkämmte es langsam. Sicher war sie da. Sie saß allein an einem Tisch, sie wartete darauf, gefunden zu werden.

Dieselben Autos drehten auf den Straßen ihre Runden, er ging zwischen ihnen hindurch. Leute schlenderten vorüber, blieben vor erleuchteten Schaufenstern stehen. Sie würde sich eine Auslage mit teuren Schuhen ansehen, vielleicht antiken Schmuck, Goldketten. An den Straßenecken überkam ihn ein Gefühl von Verlust. Er ging durch Passagen. Er verließ das vertrautere Viertel. Die Zeitungsstände waren geschlossen, die Kinos dunkel.

Plötzlich, als sähe er der Wahrheit einer Krankheit ins Gesicht, verließ ihn das Selbstvertrauen. War sie in ihr Hotel zurückgekehrt? Vielleicht war sie sogar in seinem, oder dort gewesen und wieder gegangen? Er wußte, sie war zielloser, intuitiver Handlungen fähig. Anstatt sich durch die Dunkelheit der Stadt treiben zu lassen, mit trägen Schritten, die nur dazu bestimmt waren, von seinen verschlungen zu werden, anstatt einen Ort zu wählen, an dem sie so geschickt gefunden würde, wie sie ihn dazu bewegt hatte, ihr zu folgen, könnte sie plötzlich entmutigt zu Hedges zurückgekehrt sein, um nichts weiter zu sagen als: ich war nur kurz spazieren.

Es gibt immer nur einen Moment, dachte er, er kommt nie wieder. Er begann auf Straßen, die er schon gesehen hatte, zurückzugehen, als hätte er sich verirrt. Die Aufregung war verschwunden, er suchte, er war sich seines Instinkts nicht mehr sicher, er fragte sich nur noch, wozu sie sich entschlossen haben mochte.

Auf der Treppe in der Nähe der Heuwaage blieb er stehen. Der Platz war leer. Ihm war plötzlich kalt. Ein einsamer Mann ging unten vorüber. Es war Hedges. Er trug keinen Schlips, der Kragen seines Jacketts war hochgeschlagen. Er hatte kein Ziel, er war auf der Suche nach seinen Träumen. In seinen Taschen waren zerkrumpelte Banknoten, in der Mitte geknickte Zigaretten. Die Blässe seiner Haut war von weitem sichtbar. Sein Haar war ungekämmt. Er gab nicht vor, jung zu sein, das lag hinter ihm, er war im Zentrum seines Lebens angekommen, seiner erfolglosen Arbeit, ein Mann, der Nahverkehrszüge benutzte, der Tee trank und auf etwas hoffte, auf den Beweis, der am Ende zeigte, daß sein Talent so groß wie das von anderen gewesen war. Diese Welt gebiert eine neue, sagte er. Wir nähern uns dem Zentrum der Galaxie. Darüber schrieb er, er dachte es sich aus. Seine Lyrik würde zu unserer Geschichte werden.

Die Straßen waren verlassen, die Restaurants hatten das Licht ausgeschaltet. Allein in einem Café, in der Wiederholung leerer Tische, den umgekehrt darauf gestellten Stühlen, mit dunklem Hemd und seinem Ärztebart, saß Hedges. Er würde sie nie finden. Er war wie ein Mann ohne Arbeit, ein Invalide, er wußte nicht, wohin. Die Städte Europas waren still. Er hustete ein wenig in der Kälte.

Das Goetheaneum auf dem Foto, das sie ihm gezeigt hatte, gab es nicht mehr. Es war in der Nacht des 31. Dezember 1922 abgebrannt. Am Abend hatte ein Vortrag stattgefunden, das Publikum war nach Hause gegangen. Der Nachtwächter entdeckte Rauch, und bald danach war das Feuer zu sehen. Es griff mit erstaunlicher Geschwindigkeit um sich, und die Feuerwehrmänner bekämpften es ohne Wirkung. Es war hoffnungslos. Ein Inferno erhob sich hinter den großen Fenstern. Steiner rief alle aus dem Gebäude. Genau um Mitternacht stürzte die Hauptkuppel ein, die Flammen brachen durch und schossen nach oben. Die Fenster mit ihren speziell angefertigten Scheiben glühten, sie begannen durch die Hitze zu bersten. Eine große Menschenmenge war von den nahegelegenen Dörfern gekommen und selbst aus Basel, wo man das Feuer trotz der Entfernung sehen konnte. Schließlich brach das Dach ganz in sich zusammen, grüne und blaue Flammen stiegen von den metallenen Orgelpfeifen auf. Das Goetheaneum verschwand, sein Meister, sein Priester, sein alleiniger Schöpfer schritt in der Morgendämmerung langsam durch die Asche.

Ein neuer Bau, diesmal aus Beton, entstand an seiner Stelle. Von dem alten blieben nur Fotografien.

ERDE

Billy lag unter dem Haus. Es war kühl dort, es roch nach der seit fünfzig Jahren nicht umgegrabenen Erde. Eine Art ranziger Staub rieselte durch die Bodenbretter und fiel ihm wie ein leichter Regen aufs Gesicht. Er spuckte ihn aus. Er drehte den Kopf und wischte sich, die Hand vorsichtig zum Gesicht führend, mit dem Ärmel die Augen. Er sah hinter sich zu dem Streifen Tageslicht am Rand des Hauses. Harrys Beine standen in der Sonne – dann und wann kniete er sich mit einem Stöhnen und guckte nach, wie es lief. Sie gossen einen Zementboden unter dem Haus des alten Bryant. Wie alle Häuser in der Gegend, besaß es kein Fundament, es stand auf Holzpfählen.

»Du kannst da gleich anfangen«, rief Harry.

»Hier?«

»Genau.«

Billy wischte sich erneut mit langsamer Bewegung den Staub aus den Augen und begann den Heber aufzustellen. Die Balken waren wenige Zentimeter über seinem Gesicht.

Sie aßen ihren Lunch draußen. Es war heiß, Bergwetter. Die Sonne war trocken, die Luft dünn wie Papier. Harry aß langsam. Er hatte einen faltigen Hals und weiße Stoppeln entlang der Kinnlinie.

Der Tod stand vor Harry Mies' Tür. Er würde ausgezehrt daliegen, Rouge auf den Wangen, die feinen Altmännerohren taub. Unzählig waren die Dinge, die er wußte. Er bewegte sich einsam in den weiten Feldern seines Lebens. Der Regen fiel auf ihn herab, er bewegte sich nicht.

Es gibt Tiere, die sich, wenn ihre Zeit gekommen ist, nicht

hinlegen. Er war genauso. Wenn er kniete, stand er langsam wieder auf. Er hob sich auf ein Knie, machte eine Pause und rappelte sich schließlich auf die Beine wie ein altes Pferd.

»Der Kerl in der Stadt, mit den langen Haaren …«, sagte er. Billys Finger hinterließen schwarze Abdrücke auf dem Brot.

»Den Haaren?«

»Was macht der eigentlich?«

»Spielt Schlagzeug, soviel ich weiß«, sagte Billy.

»Schlagzeug.«

»Mit 'ner Band.«

»Ja, wird schon so was sein«, sagte Harry.

Er schraubte den Deckel einer zerbeulten Thermosflasche ab und goß sich etwas ein, das nach Tee aussah. Sie saßen in der Stille der hohen Pappeln, nicht einmal die Blätter ganz oben bewegten sich.

Sie fuhren zur Müllhalde, die Sonne brannte durch die Windschutzscheibe auf ihre Knie. Am Eingang war ein altes Viehgatter, irgendwo aufgetrieben, auf irgendeiner pleite gegangenen Ranch. Es stand offen, Harry fuhr hinein. Sie befanden sich auf einem Feld mit Schutt und Abfall am Rande des Bachs, ein nacktes Stück Land, das ewig vor sich hin schwelte. Ein Schwarzer in einem Overall kam aus einem mit Bettrosten umstellten Schuppen. Er hatte runde Schultern, kräftig wie ein Stier. Hinter dem Schuppen stand ein alter grüner Chrysler.

»Suchen 'n paar Rohre, Al«, sagte Harry.

Der Mann sagte nichts. Er gab ihnen halbherzig eine Art Zeichen. Harry war schon an ihm vorbeigefahren und in eine Gasse aus alten Möbeln, Öfen, Aluminiumstühlen eingebogen. In der Luft lag ein säuerlicher Geruch. Ein paar Kühlschränke waren das Ufer hinuntergefallen, unzerstörbar, und lagen halb versunken im Bach.

Die Rohre waren alle an einem Platz. Sie waren größtenteils verrostet, Billy kickte ziellos mit dem Fuß nach ein paar Teilen.

»Die können wir gebrauchen«, kommentierte Harry.

Sie begannen, einige Stücke zurück zum Auto zu tragen und sie aufs Dach zu legen. Sie fuhren langsam, der Kopf des alten Mannes war ein wenig zurückgelehnt. Das Auto holperte durch die Schlaglöcher. Die Rohre rollten auf dem Dachgepäckträger hin und her.

»Al ist in Ordnung«, sagte Harry. Sie kamen zum Schuppen. Er hob die Hand, als sie vorbeifuhren. Niemand war da.

Billy war in Gedanken. Die Fahrt in die Stadt schien lang.

»Er hat 'ne Menge Ärger mit den Leuten«, sagte Harry. Er sah auf die Straße, die leere Straße, die all diese Städte miteinander verband.

»Das Zeug da draußen ist nicht viel wert«, sagte er. »Manchmal versucht er, etwas Geld dafür zu kriegen. Die Leute meinen, sie sollten sich das Zeug einfach so nehmen dürfen.«

»Dir hat er nichts abgenommen.«

»Mir? Nein, ich bring ihm ab und zu was vorbei«, sagte Harry. »Der alte Al und ich sind Freunde.«

Nach einer Weile sagte er: »Sagt, das hier sei ein freies Land. Ich weiß ja nicht ...«

Die Cowboys bei *Gerhart's* nannten ihn den Schweden, er selbst ging nie dahin. Sie sahen ihn draußen vorbeigehen, pergamentene Haut, hängende Arme, die Langsamkeit des Alters im Schritt. Er sah vielleicht ein wenig schwedisch aus, blasse Augen von den blendendweißen Morgen, die Morgen des großen Südwestens, schwarzer Kaffee in seiner Tasse, der Tag vor ihm. Die Aschenbecher auf der Theke waren aus Plastik, auf dem Zifferblatt der Uhr war der Name einer Whiskymarke gedruckt.

Es war halb sechs. Billy kam herein.

»Da ist er ja.«

Er beachtete sie nicht.

»Was soll's sein?« sagte Gerhart.

»Ein Bier.« An der Wand hing der ausgestopfte Kopf eines Bären, er hatte eine Brille auf der Nase und eine rote Gipszunge. Darüber hing eine amerikanische Flagge und ein Schild: HUNDE VERBOTEN. Während der Mittagszeit kamen Leute wie Wayne Garrich vorbei, der eine Versicherungsagentur besaß, sie trugen an der Seite hochgestellte Cowboyhüte. Später kamen Bauarbeiter in T-Shirts und mit Sonnenbrillen, Männer von der Erdgasfirma. Nach fünf war es immer voll. Die Rancharbeiter blieben unter sich, sie saßen mit lang ausgestreckten Beinen an den Tischen. Sie trugen Gürtelschnallen mit vergoldeten Stierköpfen.

»Macht dreißig Cents«, sagte Gerhart. »Was treibst du so? Arbeitest du noch für den alten Harry?«

»Ja, na …«, Billys Stimme driftete ab.

»Was zahlt er dir?«

Es war ihm zu unangenehm, die Wahrheit zu sagen.

»Zwei fünfzig die Stunde«, sagte Billy.

»Großer Gott«, sagte Gerhart. »Das zahl ich fürs Fegen.«

Billy nickte. Er konnte nichts dazu sagen.

Harry nahm selber drei Dollar die Stunde. Da gäb's sicher Leute in der Stadt, die mehr nähmen, sagte er, aber das sei nun mal sein Preis. Dafür goß er ein Fundament, sagte er, das dauerte drei Wochen.

Es gab keinen einzigen Tag Regen. Die Sonne lag wie ein Brett auf ihren Rücken.

Harry holte Schaufel und Hacke aus dem Kofferraum seines Autos. Er war groß, er trug sie in einer Hand. Er drehte die Schubkarre um, die Zementsäcke lagen auf einem Stück Sperrholz gestapelt darunter. Er spritzte die Schubkarre mit einem Schlauch ab. Dann begann er die erste Ladung Beton zu mischen: fünf Schaufeln Kies, drei mit Sand, eine mit Zement. Manchmal hörte er auf und holte einen Zweig oder Grashalme heraus. Die Sonne schlug auf sie herab wie heiße Blechplatten. Dasselbe zehntausend Tage lang unten in Texas und sonstwo. Er schaufelte das trockene Gemisch immer wieder um, schließlich begann er Wasser dazuzugeben. Er fügte mehr Wasser hinzu, arbeitete es in die Masse ein. Die Farbe wurde zu einem satten Flußgrau, die glatte Oberfläche durch den Kies aufgebrochen. Billy stand daneben und sah zu.

»Will es nicht zu flüssig haben«, sagte der alte Mann. Man hatte immer das Gefühl, daß er auch mit sich selber sprechen könnte. Er legte die Hacke hin. »Na dann«, sagte er.

Seine Schultern waren gebeugt, die Arbeitshaltung war fest in ihnen verankert. Er nahm die Griffe der Schubkarre, ohne sich aufzurichten.

»Ich nehm sie«, sagte Billy und streckte den Arm aus.

»'s geht schon«, brummte Harry. Seine Zähne pfiffen beim »s«.

Er schob sie selbst, die mittlerweile glatte Oberfläche bewegte sich ein wenig hin und her, und setzte sie mit einem Ruck neben der Verschalung ab, die er gebaut hatte – Billy hatte die Rinne ausgehoben. Er überprüfte sie ein letztes Mal, neigte die Schubkarre nach vorne, und die schwere Flüssigkeit floß über die Schürze. Er kratzte sie aus und ging dann mit der Schaufel an der Rinne entlang und verteilte mit ihr den Zement in den Lücken. Bei der zweiten Ladung ließ er Billy die Schubkarre schieben, sein Oberkörper war bloß, die Sonne brannte ihm auf Schultern und Rücken, seine Muskeln sprangen, als er sie anhob. Am nächsten Tag ließ Harry ihn schaufeln.

Billy wohnte in der Nähe der katholischen Kirche in einem Zimmer zu ebener Erde. Es hatte eine Metalldusche. Er schlief ohne Laken, am Morgen trank er Milch aus der Tüte. Er hatte eine Freundin namens Alma, die Kellnerin im *Daly's* war. Sie hatte Beine mit festen Waden. Sie redete nicht viel, ihre Gleichgültigkeit machte ihn wahnsinnig, manchmal war sie mit jemand anderem bei *Gerhart's*, saß im Nebel der Stimmen, dem bellenden Lachen, die Fotos berühmter Schwergewichtsboxer waren an die Wand hinter ihr geheftet. An der Decke waren Wasserflecken. Die Tür zur Männertoilette knallte immer wieder zu.

Sie sprachen über sie. Sie standen an der Bar, so daß sie sie sehen konnten, wenn sie sich ein wenig umdrehten. Sie war ein Mädchen in einer kleinen Stadt. Im Fernsehen lief Football, ein Spiel in Grand Junction. Sie dachten an ihre Beine, während sie sich das Spiel ansahen, sie war wie ein Tier, das sie besitzen wollten. Sie rauchte viel, aber ihre Zähne waren weiß. Sie hatte ein flaches Gesicht wie ein Boxer. Sie würde mal in der Wohnwagensiedlung enden, sagte Billy. Ihre Kinder würden große weiche Packungen Weißbrot aus dem Woody Creek Store essen.

»Ach ja?«

Sie widersprach nicht. Sie sah weg. Wie ein Tier, egal, wie rein sie waren, wie schön. Sie kamen in klappernden Viehlastern den Highway hinunter, manchmal wurde etwas Stroh vom Fahrtwind weggeweht. Sie wurden von den kalten Augen der Viehtreiber beobachtet. Sie kamen ins Schlachthaus, ins Haus des Blutes, mit seinen jähen knochenspaltenden Schlägen, seinen gedämpften Schreien. Er gab nicht viel Geld für sie aus – er sparte für später. Sie erwähnte es nie.

Sie gossen die Seite des Hauses, die zur Dritten Straße lag, und begannen dann mit der Vorderseite. Während er in der Sonne arbeitete, die seine Unterarme bräunte, dachte er an sie. Er hob die schwere Schubkarre an, und sein Körper spannte sich wie ein Kabel. Wenn sie am Abend Schluß machten, spritzte Harry alles mit dem Schlauch ab, er legte die Schaufel und die Hacke hinten·ins Auto. Er saß auf dem Vordersitz, die Tür geöffnet. Er lächelte vor sich hin. Er hob die Mütze und glättete sich das Haar.
»Sag mal«, sagte er. Es gab etwas, was er erzählen wollte. Er sah auf den Boden. »Warst du schon mal im Westen?«
Es war eine Geschichte aus Kalifornien in den Dreißigern. Damals gab es eine Handvoll von ihnen, die von Stadt zu Stadt zogen und Arbeit suchten. Eines Tages kamen sie in eine Stadt, er hatte den Namen vergessen, und gingen in ein kleines Restaurant. Damals bekam man für dreißig Cents eine volle Mahlzeit, aber als sie bezahlen wollten, sagte der Wirt, es koste für jeden einen Dollar fünfzig. Wenn es ihnen nicht paßte, sagte er, dort, gleich die Straße runter, wär die Polizei. Danach ging Harry rüber zum Friseur – er sah aus wie dieser Musiker, so langes Haar hatte er. Der Friseur legte ihm den Umhang um. Haare schneiden, sagte Harry. Dann, he, warten Sie einen Moment, wieviel kostet das? Der Friseur hatte die Schere in der Hand. Sie haben wohl drüben beim Griechen gegessen, sagte er.
Er lachte ein wenig, fast schüchtern. Er warf Billy einen Blick zu, man sah seine langen Zähne. Es waren seine eigenen. Billy knöpfte sich das Hemd zu.
Es war heiß an dem Abend. Der heißeste Sommer seit Jah-

ren, sagten alle, der heißeste überhaupt. Bei *Gerhart's* standen sie in großen, staubigen Schuhen herum.

»Verdammt, ist das heiß«, sagten sie einander.

»Viel heißer kann's nicht werden.«

»Was soll's sein?« fragte Gerhart. Sein schwachsinniger Sohn spülte Gläser.

»Ein Bier.«

»Heiß genug für dich?« sagte Gerhart, als er das Bier hinstellte.

Sie standen an der Bar, die Arme staubbedeckt. Auf der anderen Straßenseite war das Kino. Oben in Richtung Paß war die Sand- und Kiesgrube. Rundherum Viehzucht, ein Schotterwerk, Männer wie Wayne Garrich, die kaum ein Wort sprachen, die Bitterkeit war ihnen bis in die Knochen gedrungen. Sie waren besonnene Männer mit unwandelbaren Gewohnheiten. Sie sahen durch die großen ladenähnlichen Fenster nach draußen.

»Da ist Billy.«

»Ja, das ist er.«

»Na, was meint ihr?« Sie legten mit leiser Stimme Sätze aus wie Wetten. Ihre Arme lagen auf der Theke, schwer wie Holzscheite. »Will er noch, oder hat er schon?«

Das Fundament war Anfang September fertig. Ein Rest Sand war geblieben, wo der Haufen gelegen hatte, ein paar Körnchen Kies. Die Nächte waren schon kalt, die erste Leere des Winters, in der Stadt nicht ein einziges Licht. Die Bäume schienen still, gedämpft. Sie würden plötzlich ihr Laub abwerfen, die großen zuletzt.

Harry starb gegen drei Uhr morgens. Er hatte sich im Supermarkt hinter den gestapelten Kisten auf den Einkaufswagen gestützt und nach Luft gerungen. Er versuchte, etwas Tee zu trinken. Er saß in seinem Sessel. Er trieb zwischen Schlaf und Wachsein, das Küchenlicht brannte. Plötzlich fühlte er einen schrecklichen, einen reißenden Schmerz. Sein Kiefer fiel nach unten, seine Lippen waren trocken.

Er hinterließ sehr wenig, ein paar Kleider, den Chevrolet voll mit Werkzeug. Alles schien leblos und grau. Der Griff seines Hammers war glatt. Er hatte überall gearbeitet, er hatte während des Krieges in Galveston Schiffe gebaut. Es gab Fotos von ihm, als er zwanzig war, dieselbe Hakennase, das harte Gesicht eines Mannes vom Lande. Er sah aus wie ein Pharao, als er aufgebahrt beim Bestattungsunternehmer lag. Sie hatten ihm die Hände gefaltet. Seine Wangen waren eingefallen, seine Augenlider wie Papier.

Billy Amstel fuhr mit einem Auto, das er und Alma für hundert Dollar gekauft hatten, nach Mexiko. Sie einigten sich, die Kosten zu teilen. Die Sonne polierte die Windschutzscheibe, hinter der sie saßen, unterwegs nach Süden. Sie erzählten einander Geschichten aus ihrem Leben.

James Salter
Lichtjahre
Roman · Deutsch von Beatrice Howeg

Viri und Nedra, die Hauptgestalten von James Salters Roman *Lichtjahre*, scheinen die perfekte Ehe zu führen. Materiell unabhängig, künstlerisch begabt und voller Liebe zu ihren beiden Töchtern führen sie ein gesellschaftlich glänzendes Leben. Über zwanzig Jahre verfolgt Salter mit poetischem und zugleich lakonischem Blick diese Familie, die schließlich auseinanderfällt.

»Es gibt Bücher, die sind in ihrer Wahrhaftigkeit so erschütternd schön, daß man nach ihrer Lektüre erst einmal nichts anderes möchte als wenigstens eine Stunde lang weinen.«
Renée Zucker, Radio Bremen

»Das Schönste an diesem Buch sind die (von Beatrice Howeg geschmeidig ins Deutsche gebrachten) Sätze von James Salter. Sanft und verführerisch setzt er sie hintereinander und erfindet immer neue Bilder und Vergleiche, die einen in die Knie zwingen.«
Jochen Jung, Die Zeit

James Salter
Ein Spiel und ein Zeitvertreib
Roman · Deutsch von Beatrice Howeg

Ein junger Amerikaner aus wohlhabendem Hause und eine
junge Französin, die sich von ihm aushalten läßt, geraten in
eine obsessive, alles andere ausschließende Beziehung.
Dieser außerordentlich intensive, erotisch explizite Liebes-
roman war James Salters größter Erfolg. Niemals ist die
Besessenheit einer *amour fou* mit größerer Präzision und
Sinnlichkeit beschrieben worden.

»Ein bezauberndes Meisterwerk über die Flüchtigkeit
menschlicher Leidenschaften.«
Spiegel Special

»James Salter ist der Impressionist unter den amerikanischen
Autoren, ein Meister des Atmosphärischen.«
Cornelia Zetsche, Tagesspiegel

»Salter brilliert in der Kunst der kalkulierten Schwebe. Ein
hochangesetzter Balanceakt auf einem Seil, das die Pole
Ernüchterung und Verzauberung verbindet.«
Ursula März, Die Zeit